俺にだけ小悪魔な後輩は
現実でも可愛いが、
夢の中ではもっと可愛い
2
HOTORI KATANUMA
片沼ほとり
illustration◊たん旦
JN178411

「我慢しなくていいんですよ？」
CHIHARU HANASAKI
花咲千春
《はなさき・ちはる》

HIMARI KUSAKABE
日下部陽葵
《くさかべ・ひまり》
「と見せかけてえいっ!」
「きゃっ!?」

俺にだけ小悪魔な後輩は現実でも可愛いが、
夢の中ではもっと可愛い

CONTENTS

デザイン◎鈴木 亨

俺にだけ小悪魔な後輩は現実でも可愛いが、夢の中ではもっと可愛い

2

HOTORI KATANUMA
片沼ほとり
illustration◊たん旦

第一章　両片想いリスタート　Chapter1

「テレビドラマのオーディション⁉」

「はい、養成所から推薦されまして。両親も、そろそろいいんじゃないかって」

制服が夏服に切り替わったばかりの、とある平日の放課後。生徒会室にて。

俺と花咲《はなさき》、そして陽葵《ひまり》。いつものメンバーが集まっている中、花咲《はなさき》から嬉《うれ》しい報告があった。

女優としての第一歩になるかもしれない、そんなチャンスが訪れたのだ。

「ってことは、合格したら千春《ちはる》ちゃんがテレビデビューってことだよね！」

「気が早いですよ、陽葵《ひまり》さん。オーディションはまだ先で夏休みに入ってからですし、出演できたとしても放映はもっと先です」

「それでもだよ！　合格できたら盛大にお祝いしなきゃだね～」

陽葵《ひまり》がそう言って嬉《うれ》しそうに俺を見たので、俺も「そうだな」とうなずく。

――花咲《はなさき》は生徒会で会計を務める一年生であり、俺の後輩だ。

容姿端麗、品行方正で人望が厚く、まさに全生徒の見本となるような生徒である。生徒会長である俺が厳しい人間として嫌われていることもあり、花咲《はなさき》の存在は生徒会にとって心強い。

だが、花咲《はなさき》にはもう一つの顔がある。国民的俳優として親しまれている花咲《はなさき》夫婦の娘であり、自身も女優を目指しているのだ。

二世タレントとして、誰からも花咲《はなさき》夫婦の娘という目で見られることは、花咲《はなさき》にとっては大きなプレッシャーとなっていた。

それでも花咲《はなさき》はそんな運命を受け入れ、負けじと努力し続けてきた。毎週レッスンに通っているのを知っているし、磨いてきたその演技力を目の当《まあ》たりにしたこともある。

そんな花咲《はなさき》を知っているからこそ、こうしてその努力が認められたことは嬉《うれ》しい。

「そうと聞いたらじっとしてられないよ！　なんだかすっごく走り出したい気分！」

「廊下は走らないように」

「わかってるよ～！　すぐ帰ってくるから！」

そう言うやいなや、引き止める間もなく陽葵《ひまり》は出ていった。おそらくグラウンドか中庭で走り回るつもりだろう。

我が妹ながら子供っぽくてせわしないと思うが、その明るさこそが陽葵《ひまり》の長所だ。俺に似なくて良かった、という気持ちのほうが強い。

「行っちゃいましたね、陽葵《ひまり》ちゃん」

陽葵《ひまり》と同じクラスの花咲《はなさき》は苦笑いしながら言う。だが俺は、その言葉の裏に隠されたメッセージに気づいていた。

陽葵《ひまり》がいなくなったということはつまり、この生徒会室が俺と花咲《はなさき》だけの空間になったということ。これは合図だ。

するとやはり、花咲《はなさき》は俺の前に歩み寄り——にんまりとした笑みを浮かべて俺を見上げた。

「やっと二人きりになれましたね、セ〜ンパイ?」

「——っ」

上目遣いにあざとく、どこか馴《な》れ馴《な》れしく、一気に距離を詰めてくるような態度。

これこそ——みんなの前ではいつもお淑《しと》やかに振る舞う花咲《はなさき》が、俺と二人きりのときだけ見せる姿。小悪魔モードだ。

「私と二人きりになれて嬉《うれ》しいですか? 嬉《うれ》しいですよね⁇」

「……いや、特に何も思わないが」

「恥ずかしがらなくていいんですよ〜? この前はあんなに情熱的に引き止めてくれたじゃないですか! 生徒会で私と過ごす時間が楽しかったんですよね〜? 私と一緒にいたいんですよね〜⁇」

挑発的な早口でまくしたてながら、花咲《はなさき》は楽しげに俺の目を覗《のぞ》き込む。

——俺たちはかつて一度、離れ離れになりかけた。花咲《はなさき》の母である香純《かすみ》さんが、毎日生徒会に通っているせいでレッスンが疎《おろそ》かになっていると考え、生徒会を辞めさせようと考えたのだ。

有名人である花咲《はなさき》夫婦が学校に直談判《じかだんぱん》しに来る事態にまで発展し、学校は軽い騒ぎになっていた。

だが、俺は花咲《はなさき》を引き止めた。生徒会に残ってほしいと伝え、花咲《はなさき》もそれに応えてくれた。

だからこそ今がある。

そして――あんな思いはもう二度としたくない。

「ああ、君が戻ってきてくれて嬉《うれ》しい。これからもよろしく頼む」

「っ……真っすぐな目でそういうこと言えるの、ホントにズルいですよね」

「うん？　何か言ったか？」

「何でもないです～～！」

花咲《はなさき》はなぜか不満げに、頬を膨らませながら俺を睨《にら》む。

しかしすぐに調子を取り戻し、ニヤニヤと俺を見上げて言った。

「センパイには私がいないとダメなんですから」

その言葉はやはり挑発的だが、反応していてはきりがない。俺は一つ息を吐いた。

「もうすぐ陽葵《ひまり》も帰ってくるだろうし、次やることの準備をしておくか」

「は～い」

俺はパソコンを開き、そちらに目を移した。花咲《はなさき》も俺に倣《なら》って資料を広げる。

――適度な距離感を保った、ごく普通の先輩と後輩。傍《はた》から見ればそう見えるだろう。

しかし俺たちには、大きな秘密がある。

＊

時は進み、その日の夜。

俺は就寝の準備を終え、ベッドの中にいた。そして青い御守《おまも》りを手に取り、上に掲げてみる。

この御守《おまも》りは、花咲《はなさき》と一緒に買ったものだ。無理やり買わされたという方が正しい気もするが、今ではそれで良かったと思っている。

御守《おまも》りが売られていた夢見《ゆめみ》神社には、とある伝説が残されていた。

――平安時代に身分違いの恋をした姫君と庶民の男が、この神社で永遠の愛を誓ったことにより、離れ離れになっても夢の中で毎日会うことができた。

その伝説から派生して――運命で結ばれた二人がペアの御守《おまも》りを買えば、毎日夢で会えるようになる、と。


〜〜〜


眠りにつき、次に意識を取り戻したとき、俺は自分の部屋のベッドにいた。

しかしただ目を覚ましたわけではない。ここは夢の中だ。

起き上がり、ベッドを整えてすぐ。待っていた時はやってきた。

「……センパイ？」

俺の部屋に、本来いるはずのない花咲《はなさき》が現れた。そろそろ暑くなってきたからだろう、初めて見る半袖のパジャマだ。

花咲《はなさき》は俺のことを不思議そうに見つめたかと思えば、すぐに「ううっ！」とうめき、頭を抱えてしゃがみ込む。

しかし慣れたもので、俺は何もせずに待つ。

すると花咲《はなさき》は——涙目になって顔を上げた。

「そうですよ！　センパイと一緒にいたいのは私ですよ！　センパイのことが好きだって全部バレてるのに小悪魔ムーブ続けてる私を笑えばいいじゃないですか！　うわあああああ!!」

「落ち着け落ち着け」

花咲《はなさき》は俺のベッドにダイブし、ゴロゴロと転がってのたうち回る。

しかしこの光景も、もはや見慣れたものだった。

「落ち着いたか？」

「……はい。もう大丈夫です」

花咲《はなさき》はベッドの隅で、ちょこんと体育座りをしていた。

この夢を見て初めのうちは、こうやって花咲《はなさき》が暴走することが多かったが、夜を重ねるうちになくなっていった。

最近復活したのは、香純《かすみ》さんの手によって俺たちが引き離された期間、この夢を見ない時間がしばらく続いていたからだろうか。

「ああいう君の反応を見るのは、どこか懐《なつ》かしいな」

「……すみません。時間がもったいない、ですよね？」

そう問いかける花咲《はなさき》の真意はよくわかっていた。

俺はベッドに腰掛けたまま、空間を作るように足を広げた。するとすぐ、花咲《はなさき》は「えいっ」と言いながら、俺の両足の間に腰を落とす。

そのまま体重ごともたれかかってくる花咲《はなさき》を、俺は胸で受け止めた。

「そういえば、今日から半袖になったんだな」

「もう暑いですからね、学校も衣替えしましたし。あ、もしかしてセンパイ、肌面積が広くなって照れてますか？　だから無理、なんて絶対なしですよ！」

「ああ、わかっている」

言われるまでもなく、俺は花咲《はなさき》を後ろからそっと抱きしめた。

左手はお腹《なか》のあたりに回し、同時に右手では、花咲《はなさき》の髪を梳《す》いたり頭を撫《な》でたりする。花咲《はなさき》もすべて身を任せ、俺の手を受け入れる。一つ一つの動作を重ねるたび、心のなかに幸せが広がっていった。

するると花咲《はなさき》は、リラックスしきった声で嚙《か》みしめるようにつぶやいた。

「……好きです、センパイ」

「ああ、俺も好きだ」

俺たちはそんな言葉で愛を確かめ合う。離れ離れになった期間があったからこそ、より一層花咲《はなさき》が愛おしく感じた。

――そう、夢の中で俺たちは両想《おも》いだ。

初めてこの夢を見た時、俺たちは結ばれた。まさか夢の中に本物の相手が現れたとはお互い夢にも思っておらず、今まで隠していた恋心を盛大にぶちまけ合い、両想《おも》いだったとわかった。

しかし問題が一つ。この夢のことは――現実では、俺しか覚えていないのだ。

「で、私のことが大大大好きなセンパイに聞きたいんですが」

「何だ？」

「私たちはいつになったら、現実でもこうなれるんですか？　センパイだけずっと両想《おも》いでズルいです」

花咲《はなさき》は俺を見上げ、頬を膨らませる。至近距離、エメラルドのように透き通った瞳が俺を射貫いた。

——さっさと現実で俺が花咲《はなさき》に告白すればいい。誰もがそう思うだろうし、かつての俺たちもそれを実行しようとした。

だが、その作戦は失敗に終わった。

日頃から俺からの好意が花咲《はなさき》にまったく伝わっていなかったため、俺が告白を切り出そうとしたところ、花咲《はなさき》は俺に振られるのではと勘違いしてしまった。

さらには俺との距離を保つため、俺を振るような形で逃げてしまったのだ。そのような真意は、すべて夢の中で花咲《はなさき》に聞いたものである。

問題は、俺たちがお互いのことをまったく理解していなかったこと。そこで俺は花咲《はなさき》に、とある提案をした。

「俺は現実で、俺の気持ちを少しずつ伝えていく。君は夢の中で、今日のように、君が現実でどんなことを考えていたのかを教えてくれ。そうして少しずつ、君のことを理解していきたい」と。

そうしてしかるべき順序を踏み、お互いの理解が深まったとき、俺たちは交際に至るのだと。

——その約束が交わされてからいろいろなことがあった。最初に比べれば、俺は随分と花咲《はなさき》を理解できているように思う。

「わかってますかセンパイ、早くしないと夏休みが始まっちゃいますよ」

「……何かまずいのか？」

「夏休みですよ！　いっぱいデートしたいじゃないですか！　恋人として過ごしたいじゃないですか！」

花咲《はなさき》は俺の膝をペシペシと叩《たた》きながら主張する。

現実では小悪魔な態度の中に本心を隠してしまうが、こうしてストレートに気持ちをぶつけてくるのが夢での花咲《はなさき》だ。あまりの愛《いと》しさに、抱きしめる腕の力が自然と強くなってしまう。

「オーディションがあるんじゃなかったか？」

「それはそれ、これはこれです。オーディションは夏休みの最初の方ですし……女優と恋愛、どっちも取るって決めましたから」

そう言いながら花咲《はなさき》は微笑《ほほえ》み、俺は何も言えなくなる。

生徒会を辞めて女優の道に専念するかどうか。決断を迫られた花咲《はなさき》は、生徒会に残ることを選んだ。生徒会が心地良いから、そう言ってくれたのだ。

だからこそ、これからも生徒会がそんな空間であるように、花咲《はなさき》を幸せにしなければ、とも思う。

「ああ、もう時間ですね……」

するとその時、花咲《はなさき》が名残惜しそうにつぶやいた。意識が遠くなるような感覚が襲ってくる。

この夢で花咲《はなさき》と会える時間は五分程度しかない。花咲《はなさき》にとっては、この五分間だけが、俺と両想《おも》いでいられる時間だ。

「今日のところはこれで満足しておきます。明日またお話しましょうね」

「ああ、わかった」

最後に花咲《はなさき》を力強く抱きしめ、花咲《はなさき》もそれに応えるように俺の左腕に頬を当てる。

そうして俺たちは、幸せな夢から覚めていった。

＊

「ふふっ、ふふふふ……」

他に誰もいない生徒会室で、私——花咲千春《はなさきちはる》は、そんなにやけ笑いを隠せないでいました。

陽葵《ひまり》ちゃんはバスケ部で活動中、センパイは用事があって帰宅済み。

センパイと会えないのはとても、とっても寂しいですが……今は私だけの空間だと思うと、にやけ顔が抑えられません。

だって……。

「センパイって絶っ対、私のこと大好きですよね‼」

結局我慢できずに、私は叫んでしまいました。

そうです。そうなんです。

センパイが、私のことを、大好きなんです！　絶対！

『俺は、君と過ごす生徒会活動の時間が楽しかった』……って、ストレートすぎるじゃないですか！　半分くらい告白じゃないですか！」

センパイが私を生徒会に引き止めてくれたあの日。センパイが口にした言葉は、一言一句正確に思い出せます。

あのお母さんに真っ向から立ち向かった、カッコいいセンパイの姿とともに。

「しかもあの後、一緒に買った御守《おまも》りを渡してくるなんて……半分どころじゃありません！　もう100％告白ですよこれ!!」

縁結びの御守《おまも》りをわざわざ渡すなんて、告白以外の何物でもないですよね！　私が身構えてしまったのも仕方ないはずです。

え？　その理屈なら、そもそも強引に御守《おまも》りを買わせた私も実質告白ですって？

そんな昔のことはもう忘れました。乙女の記憶は都合がいいのです。

と、に、か、く！

「センパイは私の魅力にメロメロ！　結ばれるのも時間の問題ですよね～」

私たちの関係が次の段階に進むのは確定事項。であれば、イメージトレーニングが必要でしょう。脳内センパイジェネレーターが唸《うな》りを上げます。

部屋の壁にもたれかかりながら、私の脳は鮮明に未来を描き始めました——

「ダメですよ～、神聖な生徒会室で、生徒会長がこんなことしてるなんて」

「……すまない。君と二人きりだと考えると我慢できなくて」

壁に背を預けた私はそう言いながら、あざとく上目遣いにセンパイの顔を見上げました。

センパイは手を私の顔の横につき、いわゆる壁ドンの形で私に迫ります。

その表情は――もう我慢できない、そう言いたげです。

「君のことが頭から離れないんだ」

センパイはどこか後ろめたい様子で語ります。

「授業中も、家に帰ってからも、ずっと君のことを考えている。早く君に会いたいと思っている。俺は生徒会長として生徒の見本にならなければならないのに――」

「いいんですよ」

私のことが大好きで、だけど根は真面目だから、どうしていいかわからなくなっている。

そんなセンパイを、私は優しい声で受け止めます。

「好きな人のことで頭がいっぱいになるのは普通のことです。生徒会長だからとか、そんなの関係ありません。センパイは自分の気持ちに従えばいいんです」

「……そう、だろうか」

「だからそんなセンパイに、我慢できたご褒美《ほうび》をあげます。……私のこと、好きにしていいですよ？」

「……っ！」

センパイは息を呑《の》み、目を見開きました。

大人の余裕を醸《かも》し出《だ》す私にノックアウトされ、理性の糸が切れたであろうセンパイ。そんなセンパイを後押しするように、私は目を閉じます。

センパイは両手を震わせながら、私の両肩を摑《つか》みました。それからセンパイはゆっくりと顔を近づけ、今にも唇が触れそうになった——。

その時でした。

「……千春《ちはる》ちゃん、何してるの？」

思わず目を開き、扉の方を見ます。そこにいたのは陽葵《ひまり》ちゃんでした。

陽葵《ひまり》ちゃんは私のクラスメイトであり、センパイの妹です。父子家庭の三人家族ですが、父親が単身赴任で家にいないため、センパイと二人で暮らしています。

そんなのズルすぎる……じゃなくて。陽葵《ひまり》ちゃんはセンパイのことをよく知っているので、いろんなことを教えてくれます。私にとっては心強い味方です。

だけど……妄想くらい邪魔しないでほしいのに。

「見ての通りですよ。センパイが我慢できないと言うので、私がセンパイを受け入れてあげてるんです」

「お兄ちゃんならどこにもいないけど……」

しかし陽葵《ひまり》ちゃんは、戸惑うような表情で私を見つめていました——


「……あれ？」

何か強烈な違和感が襲ってきて、私は現実に引き戻されました。

妄想の中と同じく、現実の私も、壁にもたれかかりながら扉の方を見ていました。

そしてやはり同じく——戸惑うように私を見る、本物の陽葵《ひまり》ちゃんがそこにいました。

「……陽葵《ひまり》さん、今日は部活だったのでは」

そう声を絞り出すのが精一杯でした。

「すっかり忘れてたんだけど、バレー部の練習試合が近いから、今日はバレー部が体育館を使う日だったんだよね。だからバスケ部は休み。それより……」

陽葵《ひまり》ちゃんは私の目をじっと見つめます。

「千春《ちはる》ちゃん、何してたの？」

冷や汗が流れるのがわかりました。急速に体が冷えていきます。

「……私、何してましたか？」

「うつろな目でいろいろ言ってたよ。センパイが我慢できなくて～とか何とか」

「え、あれ全部声に出てたんですか⁉」

センパイとのイチャイチャを妄想すること数ヶ月、初めて判明した事実に驚愕《きょうがく》しました。

妄想への没入力が高すぎませんか私。

いえ、今はそんなことを言っている場合ではありません。

「どこから聞いてたんですか……？」

「えっと……『神聖な生徒会室で、生徒会長がこんなことしてるなんて』あたりから」

「………」

思いっきり序盤でした。もう言い逃れはできません。

「つまり千春《ちはる》ちゃんは……お兄ちゃんにキスされる妄想をしてたの？」

「………」

「………」

「……死にます」

「え、あ、ちょっと‼」

私は陽葵《ひまり》ちゃんがいる方と反対側、窓の方に駆け出しました。

しかし、ロックを外して窓に手をかけようとしたところで、陽葵《ひまり》ちゃんにがっしりと腰を摑《つか》まれます。

「離してください！　もう生きていけません！」

「ダメだよ！　あと今飛び降りたら私が犯人になっちゃうよ！」

　バスケ部で鍛えている陽葵《ひまり》ちゃんの小さな体に動きを封じられ、私はジタバタしながら喚《わめ》くしかありませんでした。

＊

「落ち着いた？」

「……はい」

　数分後。落ち着いた私は、陽葵《ひまり》ちゃんと向かい合って椅子に座っていました。

　しかし私は顔を上げることができません。机の上に突っ伏し、顔を下に向けてぐでっとしています。

　こんなだらけた姿勢、花咲《はなさき》夫婦の娘として……なんて今さらどうでもいいです。

「つまり千春《ちはる》ちゃんは、お兄ちゃんと一緒にいる妄想をしてたんだよね？」

「……その通りです」

「しかもその内容は、お兄ちゃんが強引に迫ってくるような内容、と」

「…………殺してください」

陽葵《ひまり》ちゃんはただ事実を述べているだけなのに、心が痛いです。

罪状を読み上げられる犯人の役とか、今ならすごくうまくできそうな気がします。

「とりあえず顔を上げて？」

促されるままに体を持ち上げて陽葵《ひまり》ちゃんを見ます。

すると陽葵《ひまり》ちゃんは、屈託のないニコニコとした笑みを浮かべていました。

「……引かないんですか？」

「え～？　まあ、ちょ～っとだけびっくりしたのは確かだけど」

陽葵《ひまり》ちゃんはそう言って、意地悪な笑みを浮かべながら、私の目を覗《のぞ》き込みました。

「素の千春《ちはる》ちゃんを見られたんだもん。私はそっちの方が嬉《うれ》しいかな～」

「……うぅ」

あんな姿を見られてしまったら、今さら取り繕うことはできません。

みんなの前で見せていた、花咲《はなさき》夫婦の娘としてのお淑《しと》やかな姿。そんな偶像がボロボロと崩れていきます。

「かすみんと大ちゃんが学校に来た時、お兄ちゃんの前でいつもと違う態度なのは見たけど、あれ以来全然見せてくれなかったしさ～。こっちが素だったんだね！」

「それは……私にも立場というものがありますし……」

「じゃあじゃあ、そういう堅苦しいのはもう私にはなし！　そういうことだよね？」

「……ですね」

「やった！　じゃあさ、もう一回聞かせて」

陽葵《ひまり》ちゃんはやはり嬉《うれ》しそうに微笑《ほほえ》んだまま、じっと私の目を覗《のぞ》き込みました。

「やっぱりお兄ちゃんのこと好きなんだ？」

「──っ」

陽葵《ひまり》ちゃんらしい、直球な質問。

同じ質問を過去にもされたことがあります。あの時の私は、なんとかうまく受け流すことができました。たぶん、きっと。

ですが今は状況が違います。さっきの妄想を聞かれてしまっては、もはやごまかすことなんてできません。もうどうにでもなれ、です。

──私はガバッと勢いよく立ち上がりました。

「そうですよ!!　私はセンパイのことが大好きなんですよ!!」

「ふぇ？」

開き直った私に、陽葵《ひまり》ちゃんは少し戸惑ったような声を漏らしました。

でも、私はもう止まれません。

「だって仕方ないじゃないですか！　センパイはカッコよくて優しくて、本当の私を見てくれて、そんなの好きになっちゃうじゃないですか!!」

「あの……」

「小悪魔な態度だって、センパイに振り向いてほしくてやってるんですよ！　だけど全然効かないからモヤモヤするし！　ずっとセンパイのことを考えちゃうし‼」

「えっと……」

「だから、センパイと付き合いたいです‼　生徒会室でもイチャイチャしたいです‼　恋人らしいこともたっくさんしたいです‼」

そこまで一気に言い切って……私は再び机に突っ伏しました。

体がぐったりしています。気力も体力もすべて吐き出しました。

「……ぶちまけたね～、盛大に」

「……もう全部一緒なので」

「ヤバい。私いま、すっごいドキドキしてる。千春《ちはる》ちゃんってば完全に恋する乙女だよ～可愛《かわい》すぎるよ～。そんなに好きならもう告っちゃえばいいのに」

陽葵《ひまり》ちゃんは素朴につぶやきます。そりゃあ今のを聞けばそう思うでしょう。

だけど私だって、そうできない事情があるんです。

「告白……してもいいんでしょうか」

顔を少し上げてチラリと陽葵《ひまり》ちゃんを窺いながら、私は弱々しい声で問いかけました。

「もし振られちゃったら、このあと生徒会で会うのも気まずくなっちゃいますし……そうなるくらいなら今の関係性のままの方がいいのかな、とか……」

「恋する乙女だ……」

「私は真剣なんですよ！」

「わかってるって」

陽葵《ひまり》ちゃんは苦笑いを浮かべますが、私の想《おも》いが伝わったでしょうか。

真剣な声で、陽葵《ひまり》ちゃんは私に告げました。

「大丈夫だよ。お兄ちゃんは千春《ちはる》ちゃんのこと、大切な人だと思ってるから」

「！」

その言葉を聞いて、私は再びガバッと立ち上がります。

「そうですよね！　センパイも私のことが大好きですよね！」

「……おお、いきなり元気になった」

「これはもう完全に両想《おも》いですよね！　告白されるシチュエーションをどうしようとかそういう段階ですよね！　センパイが我慢できなくなるのも時間の問題ですよね！」

今度こそ陽葵《ひまり》ちゃんが引き気味な気もしますが、もう止まれません。さっきからリミッターが外れっぱなしです。

「ずっと心配してたんですよ。センパイは恋愛に興味がなさそうですし、私をそういう目で見てないんじゃないかって。でも大丈夫ですよね？　センパイは私にメロメロですよね？　ゾッコンですよね！」

私は勢いそのままに、陽葵《ひまり》ちゃんに同意を求めました。

しかし、です。私の言葉を聞いた陽葵《ひまり》ちゃんは黙り込んでしまいました。

「……え、違うんですか」

「うーん……」

陽葵《ひまり》ちゃんは珍しく、難しい表情を浮かべました。それだけ真剣に考えてくれているということなので、私もじっと待ちます。

そして陽葵《ひまり》ちゃんは私の顔を窺いながら、言いにくそうに口を開きました。

「お兄ちゃんのことを誰よりも知ってる私の見解だと……お兄ちゃんは千春《ちはる》ちゃんのことが好きだけど、それは人間的に好きというか尊敬してるだけで、もしかしたら恋愛感情ではない、かも……」

「え……」

まるで冷水を浴びせられたような、衝撃的な一言でした。

私はこの勢いを殺さないよう、必死に抵抗します。

「でも、一緒にいたいって言ってくれましたよ！　私を引き止めてくれましたよ！」

「それだけじゃ恋愛感情とは限らないでしょ。千春《ちはる》ちゃんに生徒会を辞めてほしくなかったのは私だって同じだもん」

「それは……で、でも、お見舞いの時は私を抱きしめてきたんですよ！　それはもう熱烈に！　情熱的に！」

「でも、その時のお兄ちゃんって寝ぼけてたんでしょ？　ホントの気持ちを言ってるかなんてわかんないよ」

「ぐぬぬ……いやでも！　縁結びの神社で買った御守《おまも》りを返してくれたんですよ！　これはもう確定ですよね！」

「そんなに深く考えてるかなぁ。千春《ちはる》ちゃんのものだから返しただけじゃない？」

「う、うぅ……」

　意外に冷静な陽葵《ひまり》ちゃんの反論を受け、私の声はどんどん弱々しくなってきます。

「……じゃあ、今もし告白なんてしちゃったら？」

「お兄ちゃんは千春《ちはる》ちゃんにしっかり向き合って、その上でこう言うかもね。『ありがとう。気持ちは嬉《うれ》しいが、そういう目で君を見たことはなかったし、これからも見られないと思う。そんな状態で君と付き合うのは不誠実だろう。だから、今のままの関係でいてほしい』って」

「うわああああああああああああ!!」

　その光景が容易に想像できてしまい、私は頭を抱えて座り込みました。

　何しろセンパイのことを一番よく知る陽葵《ひまり》ちゃんの言葉です。私の脳内センパイジェネレーターよりも精度が高いのは確実。説得力が違います。

そして、センパイにそんなことを言われてしまえば、私はもはや立ち直れなくなってしまうでしょう。

……とっくに両想《おも》いだなんて、私の思い上がりだったのかもしれません。

立ったり座ったり喜んだり落ち込んだり、この数分で随分と疲れました。

「でも安心して。千春《ちはる》ちゃんには私がついてるから」

しかし、陽葵《ひまり》ちゃんの優しい声が聞こえて、私は顔を上げました。

「私は恋愛マスター陽葵《ひまり》。千春《ちはる》ちゃんを真実の愛に導いてあげる！」

どこか聞き覚えのあるフレーズとともに、陽葵《ひまり》ちゃんは私に手を差し伸べます。

「お兄ちゃんが千春《ちはる》ちゃんのことを人間的に好きなのは間違いないよ。だから恋愛的に結ばれるために必要なのは、あとほんのちょっとのアプローチだよ！」

「……そう、でしょうか」

「間違いないよ！　それにこれからは、お兄ちゃんのことなら何でも知ってる私がアドバイスするんだもん。こんなの勝ち確だよね～！」

「――っ！」

陽葵《ひまり》ちゃんの背中に後光が見えました。正確には後ろの窓から差している光ですが、そんなことは関係ありません。

陽葵《ひまり》ちゃんこそが、恋のキューピッドだったのです。

「協力していただけるんですか……？」

「当たり前だよ！　お兄ちゃんのことをホントに好きなのが伝わってきたし、応援するしかないよ！」

私は陽葵《ひまり》ちゃんの手を取りました。

「絶対にお兄ちゃんを振り向かせようね、千春《ちはる》ちゃん！」

「……はい！」

「うん、いい返事！」

さっきまでの撃沈が嘘《うそ》のように、私の胸には希望が溢《あふ》れています。

私は陽葵《ひまり》ちゃんの力も借りて、センパイを振り向かせることを誓うのでした。

＊

夢の中で、俺は花咲《はなさき》を待っていた。

今日は少し用事があり、生徒会に顔を出せなかった。なので、花咲《はなさき》は夢で会ってすぐにそれを指摘し、甘えてくるだろう。そう考えていた。

……我ながらおこがましい予想だと思うが、大きく外れてはいないと感じる。

予測と観測、そして改善。これも花咲《はなさき》を理解できるようになるためのトレーニングだ。

「センパイ？　……うっ！」

しばらく待つと、いつも通り花咲《はなさき》が現れ、頭を抱えてうずくまった。

数秒もすれば花咲《はなさき》は顔を上げ、不満げな表情を浮かべながら甘えてくる。そのはずだった。

「……花咲《はなさき》？」

しかし予想に反し、花咲《はなさき》はうずくまったまま動かない。加えて、なにか大きな感情の爆発を抑え込むように、プルプルと震えていた。

それでもじっと待つこと十数秒。

花咲《はなさき》は勢いよく立ち上がり——叫んだ。

「なーにが恋愛マスターですか！　陽葵《ひまり》ちゃん、センパイのこと全っ然わかってないじゃないですか!!　とっくに両想《おも》いじゃないですか!!」

「ど、どうした急に」

よくわからない言葉を発すると、花咲《はなさき》は「うわあああああ」と叫びながらベッドにダイブし、ゴロゴロと転がるのだった。

「……なるほど、俺がいない間にそんなことが」

ベッドの隅で体育座りする花咲《はなさき》に、俺はベッドに腰掛けながら話す。

——花咲《はなさき》が落ち着きを取り戻した後、俺は事の顛末《てんまつ》を聞いた。

詳しい理由はぼかされたが、花咲《はなさき》が俺に恋をしていると陽葵《ひまり》に見抜かれたらしい。

そこで開き直って、告白したらどうなるかと相談してみたところ、俺は花咲《はなさき》をそういう目で見ていないから失敗するだろうと言われた。花咲《はなさき》もそれを信じた、と。

「実際には真逆なわけだが……陽葵《ひまり》にもそう思われていたんだな」

「……すみません。私も信じてしまいました」

「いや、悪いのは俺だ。陽葵《ひまり》でさえそう感じてしまうくらい、俺は恋愛に興味がない態度を表明してきたし、最近になっても改善できていなかったのだろう」

「違います、私が……いえ、どっちが悪いとかはやめましょう」

「そうだな。今後のことを考えよう」

時間も限られている。堂々巡りになりそうな話題をやめ、俺は未来を見据えた。

「つまりは、関係性がリセットされたようなものか」

リセット。自分で言ってみても、その言葉がしっくりきた。

現実の花咲《はなさき》から見た俺への印象は、この夢を見始めた頃の状態にまで戻ったのだ。

すなわち——俺が花咲《はなさき》を好いているとはまったく思っていない、そんな状態。

「今もし君に告白しようとしても、また逃げられてしまうかもしれないな」

「そう、ですね。そうだと思います」

花咲《はなさき》は申し訳なさそうに言う。

だが、関係性が後退したように感じても、俺は不思議なくらい前向きな気持ちだった。

「リセットされたと言っても、あの頃とまったく同じというわけではない。かつての俺は、君への好意を隠そうとしていた。だがこの夢を見るようになってから、俺は君に好意を伝えようと努力するようになった」

今までを振り返るように、噛《か》みしめるように、俺は言葉を紡《つむ》いでいく。

御守《おまも》りによって生まれた奇妙な縁は、確実に俺たちの関係性を変えた。

「それからも俺は勘違いばかりで、お互いの理解を深めるのには時間がかかった。だが、少しずつでも確実に距離を縮め……離れ離れになってしまいそうな試練を、俺たちは乗り越えた。今の俺は、あの時の俺とも違うんだ」

「センパイ……」

俺の力不足もあり、すぐに距離を縮めるというわけにはいかなかった。だから今、こうして関係性が再びリセットされかけている。

だがそれでも、今までの積み重ねが消えることはない。

俺にはもう——迷いがないのだ。

「花咲《はなさき》、こっちに来てくれ」

背を向けたまま花咲《はなさき》に呼びかけると、花咲《はなさき》はすぐに俺の方に来た。

いつものように俺の膝の間に座り込んだ花咲《はなさき》を、俺は静かに抱きしめる。

「君は今日、俺に会えなくて寂しかった。真面目な話をしながらも、この定位置に戻るタイミングを窺っていた。違うか？」

「……もう、なんで分かっちゃうんですか」

花咲《はなさき》は不満げな声を漏らすが、それが照れ隠しであることに俺は気づいていた。

俺は確実に、今までよりも花咲《はなさき》のことを理解できている。だから……。

「これは、俺の成長を示す機会なのだと思う」

現実の花咲《はなさき》はきっと今日、不安を抱えながら眠りについたのだろう。そう思うと、花咲《はなさき》を抱きしめる腕に力が入った。

「やることは今までと変わらない。陽葵《ひまり》が君にどんなアドバイスをするかはわからないが、君のアプローチに対し、俺は君に、確実に好意を伝えていく。引き続き、現実でどう感じたかは夢の中で俺に伝えてほしい」

「はい。……改めて言葉にされると恥ずかしいですね」

「すまない。だが……今まで積み重ねてきた時間は無駄じゃなかったと証明して見せる」

花咲《はなさき》は少し体を浮かせ、俺の方に向けた。

至近距離で視線と視線がぶつかる。花咲《はなさき》の瞳にはもう、不安の色はなかった。

「最後には絶対結ばれる、そう約束しましたよね。信じてますよ、センパイ」

「ああ」

うなずきあった後、花咲《はなさき》は改めて俺に体を預け、俺はそれを受け入れる。
花咲《はなさき》の温《ぬく》もりを一身に感じながら、俺は夢から覚めていった。

第二章　両想い大作戦　Chapter2

陽葵《ひまり》ちゃんと協力関係を結んだ、その翌日。私と陽葵《ひまり》ちゃんは作戦会議のため、生徒会室に来ていました。

いつものような放課後の活動ではなく、今は昼休み。鍵を借りてきて部屋を開けたのです。ここなら二人きりで話せます。

「見つけたよ、千春《ちはる》ちゃんに足りなかったアプローチ！」

部屋に入り、鍵を閉めてすぐ。

陽葵《ひまり》ちゃんは得意げに胸を張りながら、そう私に切り出しました。

「話を聞いてからずっと考えてたんだ〜。千春《ちはる》ちゃんに何が足りないのかなって」

昨日、センパイ攻略の協力を仰ぐため、私は陽葵《ひまり》ちゃんに情報提供を行いました。

すなわち——私が今までセンパイにどんなアプローチをしてきたか、それらをすべて話したのです。

「千春《ちはる》ちゃんってば、私が思ってたより何倍も積極的にアプローチしてるんだもん。びっくりしちゃったよ〜」

「……言わないでください」

「お兄ちゃん以外ならイチコロなのに。難儀な人を好きになっちゃったね〜」

陽葵《ひまり》ちゃんはニヤニヤと私の顔を覗《のぞ》き込み、私は目を逸《そ》らします。

——恋愛事情の大暴露。思い出すだけでも恥ずかしいですが、もう引き返せません。

私は陽葵《ひまり》ちゃんを信じると決めたのです。

「だけどね、一つだけ見つけたんだ〜！　千春《ちはる》ちゃんがまだやってない、足りない要素！」

「ホントですか！　教えてください！」

私は勢いよく陽葵《ひまり》ちゃんの顔を見ます。そんな反応がおかしかったのか、やはり陽葵《ひまり》ちゃんはにんまりしています。

ですが、もはやなりふり構っていられません。

私はごくりとつばを飲み込み、陽葵《ひまり》ちゃんの言葉を待ちました。

「それはね……ボディタッチ！」

「——！」

陽葵《ひまり》ちゃんはそう言うと、私が息を呑《の》む暇もなく、私の背後に回りこみました。

左手で私の腰のくびれを、右手で私の胸を、後ろからがっしりと摑《つか》みます。

「スタイルの良さは千春《ちはる》ちゃんの武器だよ！　使わないと！　活《い》かさないと！」

「ちょっと陽葵《ひまり》さん……？」

「……いや待って何これ。ホントに私と同い年？　っていうか同じ生き物？」

「って、長いですよ！　離してください！」

私は陽葵《ひまり》ちゃんを振りほどきました。

右手なんて完全に胸を揉《も》みしだいていました。陽葵《ひまり》ちゃんかセンパイじゃなければセクハラで訴えてます。

「ごめんごめん。千春《ちはる》ちゃんがすごすぎて思わず……で、どう？　今までお兄ちゃんにボディタッチってやってきた？」

「……それは」

しかし、発案自体は真剣なもののようでした。

陽葵《ひまり》ちゃんの問いかけに、私はすぐに答えられません。

そんな私を見て、陽葵《ひまり》ちゃんはにんまりと笑みを浮かべます。

「あれ？　もしかして図星？」

「………………」

目をそらすしかありませんでした。

私だっていろんなサイトを調べましたから、とっくにわかっているんです。男の子を攻略するにあたって、ボディタッチが極めて有効なアプローチであることは。

体型管理はお母さんの指導のもと万全ですから、私の体が武器になることだってもちろん自覚しています。

でも……これには理由があるんです。

私は一つ息を吐き、再び陽葵《ひまり》ちゃんに向き合いました。

「確かに私は今まで、ボディタッチはあまりしてきませんでした。ですがこれは、センパイが恋愛に対して奥手だからです。積極的になりすぎるのも、かえってセンパイが引いちゃうんじゃないかと――」

「違う。違うよ千春《ちはる》ちゃん」

すると陽葵《ひまり》ちゃんは、チッチッチと指を振りながら私の言葉を遮りました。

そのまま私の眼《め》の前《まえ》まで来て――下から私の目を真剣に覗《のぞ》き込みます。

「千春《ちはる》ちゃんは――逃げてるんだよ」

「……っ！」

核心を突いた、心をえぐるようなその一言に、ぞわりと鳥肌が立ちました。

「お兄ちゃんは奥手だし、今までのアプローチにもあまり手応えがない。だからこれ以上のことをやっても、より一層距離を取られてしまうリスクがある。そういうことだよね？」

「はい、その通りで――」

「だけどこうも考えられるよね。お兄ちゃんは女性に免疫がないからこそ、距離を取ろうとしてしまう。だからこそこちらから、一気に距離を詰める必要がある。違う？」

「そ、そういう考えもありますけど……」

「千春《ちはる》ちゃん、よく聞いて」

語気が弱まる私に、陽葵《ひまり》ちゃんは右手の人差し指をビシッと突き立てました。

「関係性が進展しない一番の理由は、その〝逃げの姿勢〟だよ！」

「ぐはぁっ！」

致命傷を受けた私は、心臓を手で押さえながら、力なく膝をつきました。

自分でも薄々わかっていましたが、他人から指摘されるとこんなに痛いなんて。陽葵《ひまり》ちゃんの言葉は、私の心に鋭く突き刺さったのです。

これが、恋愛マスター陽葵《ひまり》ちゃんの、力……！

「狂気とは、同じ行動を繰り返しながら違う結果を望むことである――アインシュタインの言葉だよ。今の千春《ちはる》ちゃんなら、この意味がわかるよね？」

陽葵《ひまり》ちゃんは静かな口調で、偉人の名言まで引用してきました。初めて陽葵《ひまり》ちゃんが賢く見えました。

「千春《ちはる》ちゃん、顔を上げて」

両膝を床についたまま顔を上げると、陽葵《ひまり》ちゃんが私に手を差し伸べていました。

その頼もしい表情は――どんな人よりも輝いて見えました。

「ありがとうございます。陽葵《ひまり》さん……いえ、師匠のおかげで目が覚めました」

「わかればいいんだよわかれば。あとは行動に移すだけだよね？」

「やります！　早速今日、やってみせます‼」

「その意気だよ！　明日の報告を楽しみにしてるからね!!」

陽葵《ひまり》ちゃんの手を取り、私は立ち上がりました。

この瞬間、私は変わった。そんな全能感が全身に満《み》ち溢《あふ》れています。

——それからは今日の放課後に向け、二人でボディタッチのアプローチを話し合いました。

そして……待ちわびていた、実行の時がやってきました。

＊

時は移り、放課後。今日も陽葵《ひまり》ちゃんはお休みです。

生徒会室で、私とセンパイが向かい合って座っています。

「そろそろ保護者会資料作成の時期だな。だが、外村先生に確認したところ、まだ着手しなくてもよいらしい。今日はゆっくりしていいぞ」

「は～い」

センパイがパソコンを開きながら言い、私も間延びした返事をしました。

生徒会では、今日のように仕事がない日も多々あります。そんな日は、授業の予復習をしたり、他愛もない雑談をしたり、演技を見てもらったり……と自由な時間なのですが。

私にとっては——センパイにアプローチをかける絶好のチャンスです。

「時間があるということなら……センパイ、手相って興味ありますか？」

私がそう切り出すと、センパイはパソコンから顔を上げました。

「手相……いや、あまり詳しくないが」

「実は今、うちのクラスで流行《はや》ってるんですよ。おかげで私も詳しくなっちゃいまして」

私は手のひらをひらひらと見せながらそう言いました。

実はクラスで流行《はや》っているというのは嘘《うそ》なのですが、恋する乙女は嘘《うそ》も許されるんです。

つまりこれは、陽葵《ひまり》ちゃんと相談した作戦——。

「せっかくなので……センパイの手相、占わせてください！」

私はごく自然な流れで、センパイにそう提案しました。

——手相占い。ボディタッチの入門編としてはベタで使い古された手段ですが、つまりはそれだけ効果があるということ。

こうすることで、合法的にセンパイの手に触れられる……じゃなくて、センパイをドキドキさせることができるのです！

「ああ、構わないが」

そんな私の思惑など露知らず、センパイはパソコンを閉じ、素直に右手を差し出しました。

……ふっふっふ、油断しすぎですよセンパイ。あまりにも無防備です。生まれ変わった私の前でそんな隙を見せたらどうなるか、思い知らせてあげないといけません。

私は両手の親指と人差し指を使い――センパイの手のひらをぎゅっとつまみました。

「あ、手と手が触れちゃいました！　でも手相を見るには仕方ないですよね～。ドキドキしちゃいますか？　大丈夫ですか⁇」

私はすぐさま顔を上げ、そう煽《あお》りながらセンパイの目を覗《のぞ》き込みました。

これにはセンパイもすぐさま反応するはず……だったのですが。

「うん？　いや、続けてもらって大丈夫だ」

「え、あ、はい」

センパイは少し首を傾《かし》げただけでした。私もすごすごと視線を下げます。

……おかしいです。予想していた反応と違います。

陽葵《ひまり》ちゃんは「あのお兄ちゃんだよ？　手と手が触れただけでも心臓バクバクだよ！」と言っていたのに。センパイの照れ顔を期待してたのに。顔色一つ変わらないじゃないですか。

……いえ、ただボディタッチの度合いが足りなかったというだけでしょう。

まだ私には作戦の用意があります！

「それじゃあ手相を見ていきますが、ついでにマッサージもしてあげますね～」

そう言って、私はセンパイの手のひらを揉《も》みほぐしていきます。

これこそ陽葵《ひまり》ちゃんと編み出した、ボディタッチを最大化させる手相占いの手法――マッサージです！

もちろんこれもセンパイをドキドキさせるため。ただ私がセンパイの手をぷにぷに触りたいから、なんてわけではないのです。断じて！

「どうです？　気持ちいいですか～？」

「ああ、これはなかなか」

普段は硬いセンパイの表情が、少しだけ緩んでいる気がします。今度は上々の反応、なのですが……やっぱり照れているという感じではありません。

今までにないくらい接触してるはずなのに、センパイは何も思わないんでしょうか。

私はちょっとテンションが上がっているというのに。こんなの不公平ですよ。

「……それでは手相も見ていきますね」

私は少し唇を尖《とが》らせながら、センパイの手のひらを覗《のぞ》き込みました。

……触れてみて改めて実感しましたが、やっぱり大きな手です。私のことをすべて包みこんでくれそうな、そんな安心感があります。

一方で指なんかはゴツゴツしていて、男の人という感じがして。もしこの手で頭を撫《な》でてもらえたら……なんていうのはいつも妄想していることですが。

いいえ、もちろん頭ナデナデだけで終わるつもりはありませんよ？

きっといつかはこの手で、私の体のあんなところやこんなところまで……えへへへへ。

「――何かおかしいところでもあるのか？」

「え⁉　あ、どうしてですか？」

突然声をかけられて、私はビクリと顔を上げました。

「いや、随分と深刻そうに手相を見ていたし、かと思えば今度は目が虚《うつ》ろになったように見えた。手相がどこかおかしいのかと」

「い、いえいえご心配なさらず！　じっくり分析していただけですから！」

危うく忘れかけていましたが、今は手相占いの時間です。

妄想してる場合じゃありません。危うくセンパイにだらしない顔を見られるところでした。

気を取り直して、スマホで調べてきた付け焼き刃の手相知識を思い出します。そしてもちろん、陽葵《ひまり》ちゃんと一緒に考えた策も忘れていません。

「では、まずは健康状態についてです。生命線を見ましょう」

「生命線か。聞いたことはあるな」

「はい、この斜めに入っている線が生命線です」

センパイの顔を覗《のぞ》き込みながら、私は——ほんのり触れる程度に指を手のひらに乗せ、生命線をスーッと柔らかくなぞりました。

——これぞ、陽葵《ひまり》ちゃんと生み出した新たな手相占いテクニック！　優しく触れるようになぞることで、ゾクゾクすること間違いなしです！

私が陽葵《ひまり》ちゃんにやってもらった時もすごかったですし、センパイも反応するはず。そう思ってセンパイの顔を上目遣いに覗《のぞ》き込み……。

「そのなぞり方は少しこそばゆいな」

「あ……すみません」

眉間に皺《しわ》を寄せるセンパイの淡々とした声に、私は思わず指を離してしまいました。

やっぱりセンパイは全然動揺していません。むしろちょっと嫌がられてしまうなんて……正直泣きそうです。

用意してきた手相作戦がすべて不発。今日はセンパイをドキドキ照れ照れさせるはずだったのに。すっごく頑張ったのに。

あれだけ燃え盛っていた私の中の炎が、ろうそくレベルにまで萎《しぼ》んでいきます……。

「……とまあ、こんな感じですね」

「ふむ。自分のイメージに合うものもあれば、合わないものもある。なかなか面白いな」

私の話を聞いたセンパイは興味深そうに手のひらを見つめています。結局、ただ手相を占うだけで終わってしまいました。

だって、陽葵《ひまり》ちゃんの話と全然違うんですもん。センパイが全然動揺してくれないんですもん。こうなったのもすべて陽葵《ひまり》ちゃんが悪いんです。明日文句を言ってやります。

「ありがとう、なかなか面白かった」

「いえいえ」

センパイは私にお礼を言って、今にもパソコン作業に戻りそうな雰囲気です。

私のアプローチも、いったん今日はここまでにしておきましょう。また陽葵《ひまり》ちゃんに話を聞いて、もっと違う作戦を立てて……。

しかし、そう思った瞬間――脳が「NO」と叫びました。

――いや、違うでしょう。そうじゃないでしょう。

師匠……陽葵《ひまり》ちゃんの言葉を思い出します。「関係性が進展しない一番の理由は、その〝逃げの姿勢〟だよ！」という言葉は、私の心にぶっ刺さりました。ズタズタになりました。

今引いてしまっては、逃げ続けていた今までの私と同じじゃないですか。

そんなことをしたら、陽葵《ひまり》ちゃん……いえ師匠に合わせる顔がありません。そして、確かに手相作戦は不発でしたが、まだ用意した作戦がすべて終わったわけではないのです。

私は己を奮い立たせ、決意を胸に顔を上げました。

「それにしてもセンパイの手って大きいですよね～」

「そうだろうか？」

「両手を出してみてください！　重ねてみるとよくわかりますよ！」

私は少し強引にセンパイの手をとると、両手の手のひら同士を合わせました。

ピタリと密着した手からは、センパイの指先が顔を出しています。やはりセンパイの手は大きく、わずかながら体温が伝わってきます。

「ほら、センパイの方がこんなに大きいです」

「ああ」

顔を上げると、センパイは少し、私の勢いに押されているようにも見えます。

しかしこれだけでは終わりません。

私はそのまま、センパイの手を——ぎゅっと握りました。

「こうするともっとわかりやすいです。センパイも握ってみてください」

「……っ」

私は小悪魔モードの笑みでセンパイの目を覗《のぞ》き込みました。さすがのセンパイも、少しだけ目が見開いたように感じます。

ゆっくりとセンパイも私の手を握り、完成したのは——恋人繋《つな》ぎです。

……う、うおおおおっ！　これはすごい、すごいです！

センパイの大きな手が私を包み込み、温《ぬく》もりが伝わってきます。心なしか、センパイの手もさっきより熱を帯びているような。

これに恋人繋《つな》ぎっていう名前をつけた人は天才です。もうほぼ恋人ですよこれは！

——もともとの計画では、もっとステップを踏む予定でした。まずは手相占いで手に触れてドキドキ、次は手を握ってドキドキ……という感じです。

ですが、第一段階がセンパイに効かなかったのだから仕方ありません。

小悪魔モードのエンジンを入れ直して、最初からアクセル全開です！

「あれ～？　手の大きさを比べてるだけですよ？　まさかドキドキしちゃってるなんてことないですよね～⁇」

私はニヤニヤしながらセンパイをからかいます。

本当は私の方がドキドキしてるというか、さっきから心臓がうるさいくらいなんですけど、そんなことは棚に上げましょう。

「……いや、大丈夫だ。というか手を合わせたままのほうがわかりやすくないか？」

「むぅ……確かにそうですけど」

しかし、センパイはなおも冷静でした。期待していたほどの反応は得られないまま、私は指にこめていた力を緩めます。

まさかまだ足りないのでしょうか。私もうけっこう限界なんですけど。

しかし、再び頭に響いたのは師匠の言葉です。陽葵《ひまり》ちゃんはこうも言っていました。「スタイルの良さは千春《ちはる》ちゃんの武器だよ！　使わないと！　活《い》かさないと！」と。

ならば……今こそ、その武器を使って攻める時じゃないですか！

「君こそ大丈夫か？　なんだか今日はいつもと違うような――」

「いえいえ、いつも通りですよ！　やっぱり手が大きいのは、背が大きいからなんですかね～。

ちょっとそこに立ってみてください！」

「うん？　ああ」

怪訝《けげん》そうなセンパイの言葉を遮り、有無を言わせぬ勢いで私は立ち上がりました。

慌てたように立ち上がるセンパイ。私はそのすぐ前まで歩み寄ります。

「センパイの身長は184ｃｍでしたよね？」

「……なぜ知っている？」

「まあいいじゃないですか。そして私は169ｃｍです。クラスの女子の中では一番高いんですよ？　それでも、こうして近づいてみるとわかります」

私は顔をほぼ真上に見上げながら、必殺の上目遣いをセンパイに浴びせます。

そのまま、センパイの両足の間に体を割り込ませるようにして——距離をゼロに縮めました。

「ほら、こんなに見上げないとダメなんですよ？」

「……っ！」

センパイは声にならないような声を漏らしますが、それもそのはずです。

——私の胸がセンパイの体にくっつき、むにゅっと変形しているのですから。

まさか初日からここまでやるとは思いませんでしたが……これぞボディタッチ大作戦の最終段階にして究極奥義《おうぎ》、「当ててんのよ」です!!

こればかりは陽葵《ひまり》ちゃん発案ではなく、私がずっと密《ひそ》かに温めていた作戦です。

もうこれは勝ったでしょう！　仕留めたでしょう！　やりましたよ陽葵《ひまり》ちゃん‼

「…………」

「…………」

驚きで声が出ないのか、センパイは黙って私を見つめています。私はとっくに勝利を確信しているのに、なぜかセンパイの無表情は変わりません。

センパイがリアクションしてくれないことには私も動けず、そうして静寂が続くこと数秒。だんだん冷静になってきます。

……いやいやいやいや、待ってください！　ちょっとやりすぎたかもしれません！　こんなのガチ恋距離ですよ！　もはやキスする体勢ですよ！

っていうか究極奥義《おうぎ》「当ててんのよ」ってなんですか！　完全に痴女じゃないですか！　ダメです、急に恥ずかしくなってきました。体がプルプルと震えてきます。

「……なるほどな」

「え？」

すると、やっと口を開いたセンパイは、何か納得したようにつぶやきます。

その真意が摑《つか》めないうちに、センパイは言葉を続けます。

「確かに、こうして距離を縮めることで、改めてわかることもある。例えば……君の髪はとても綺麗《きれい》だ」

「ひゅえっ？」

「触れてもいいか？」

「へ、は、はい」

すぐに意味を理解できないうちに、二つ返事で了承してしまいました。

胸が接する距離は変わらないまま、センパイの右手が私の頭に触れます。その瞬間、私はすべてを理解しました。

——これ実質、センパイに抱き寄せられてるようなものじゃないですか！　頭を押さえられちゃって逃げられませんよ！

いや、この距離まで近づいたのは私ですけど……私なんですけど……。

まさか主導権を握られるなんて思わないじゃないですか‼　ふおおおおおおっ‼‼

「この指通りの良さ、よく手入れされているのがわかる」

「あ、ありがとうございましゅ……」

そしてもちろん、視線が超至近距離でぶつかっているのも変わりません。なのにセンパイはこんな時でもいつも通りです。整った顔も、カッコいい目つきも、優しい声も。

いつの間にかセンパイの左手は私の右肩から背中にまで回り、全身をしっかりと支えられていました。そして右手の指で、丁寧に私の髪を梳《す》いていきます。

私はセンパイの顔を直視していられなくなり、センパイの首元に顔をうずめます。

でもこれはこれで危なくて、センパイの匂いがダイレクトに鼻から脳へ入ってきて……ピッタリくっついたままなのに、センパイに聞かれちゃうのに、心臓のバクバクが止まりません。

——おそらく十数秒、しかし無限にも思える時間。

その最後にセンパイは、優しく頭をポンポンと撫《な》でてくれました。

ずっと妄想していた仕草そのままでした。

「戯《たわむ》れが過ぎたな。さて、そろそろ勉強でもするか」

「ひゃい……」

センパイはそう言って、腕から私を解放しました。ようやく体が離れますが、それでも体中の熱が冷めることはありません。

私の頭は真っ白です。こんな時こそ小悪魔な態度でからかわないといけないのに、何も言葉が出てきません。

なんとかセンパイの顔を見ると、いつもは厳しい顔をしているセンパイが、私を慈《いつく》しむような目で微笑《ほほえ》んでいるように感じました。

一方で私がどんな顔をしているのかは、自分自身でもわかりません。

——その後の生徒会活動の時間も、それどころか家に帰るまで、私はずっと上の空で過ごすことになるのでした。

*

その日の夜。

ご飯を食べ、お風呂《ふろ》に入り、ストレッチも完了。

そうして就寝の準備を完璧に整えた私は……満を持して、ベッドの中で叫びました。

「センパイに!!　抱き寄せられました!!」

前みたいにお母さんに怒られないよう、布団《ふとん》を被《かぶ》り、枕に口を当てています。

思う存分悶《もだ》えるための準備は万全です。

「しかもしかも、頭をポンポンって！　ポンポンって〜〜!!」

顔がにやけてしまうのが我慢できません。我慢する必要もありません。

思い出しているのはもちろん、今日の生徒会室での出来事です。

後から振り返ってみると、私のアプローチは攻めすぎた気がしないでもありません。ですが結果オーライです。

なんてったって、まさかセンパイがあんな風に私を抱き寄せてくれるなんて。

嬉《うれ》しくて、幸せで、ずっとそうしてほしくなって……。

「って、私ばっかり喜んでちゃダメですよ!!」

思わず自分にツッコミを入れてしまいました。

そうです。この作戦の目的は、センパイを私に惚《ほ》れさせること。私じゃなくてセンパイをドキドキさせなきゃ意味がないのです。

自分のことは全力で棚に上げ、センパイの反応を思い返してみると……。

「……ドキドキしてました……よね？」

あれ、なんだか自信がなくなってきました。

センパイはドキドキしてたっていうか……ちょっとくらいびっくりしていたような気はしますが、終始余裕だったような……。

見方を変えれば、むしろ私が返り討ちにされた気も……。

「いえいえ！　そんなはずはありません！　ドキドキしてたに決まってます！」

私は強い気持ちで自分に言い聞かせます。

陽葵《ひまり》ちゃんも言っていたではありませんか。センパイは女の子と触れ合うのに慣れてない、だからボディタッチでイチコロだと。

センパイの表情が硬いのはいつものことです。澄ました顔をして実は心臓バクバクだった、そうに違いありません。ドキドキしすぎて我慢できなくて、私を抱きしめちゃったんです。

何より……私があんなにドキドキしてたのに、センパイがドキドキしないなんて、不公平じゃないですか。

――そうしていつも通り悶々《もんもん》としながら、私は眠りにつくのでした。

～～～


気づけば、私はセンパイの部屋にいました。パジャマ姿のセンパイが私を見つめています。

「ううっ！」

するとその時、頭の中に情報が流れ込んできて、私はうずくまりました。

思い出したのは――今までの夢での出来事。毎晩繰り返しているセンパイとの逢瀬《おうせ》。

そうしてすべてを理解した私は……立ち上がり、思わず叫びました。

「なーにがボディタッチ大作戦ですか！　元から夢の中でベッタベタじゃないですか!!　全然意味ないじゃないですか!!」

「どうしたどうした」

「うわあああああああああああ!!」

私はセンパイのベッドにダイブし、ゴロンゴロンと高速回転することになるのでした。

「落ち着いたか？」

「……はい」

これもいつものことですが、私はベッドの隅で体育座りをしていました。センパイは私に背を向け、ベッドに腰掛けています。

夏になったからか、半袖だからか、最近はベッドからセンパイの匂いをより強く感じます。ゴロンゴロンしながら密《ひそ》かにセンパイの匂いを堪能《たんのう》してるなんて、絶対にバレるわけにはいきませんが。

「昨日、陽葵《ひまり》と一緒に作戦を練ることになった、と言っていたな」

「はい。今日の昼休みに作戦会議をしていました」

「それがさっき言っていた、ボディタッチ大作戦か」

「……うぅ」

単刀直入に指摘され、私はうつむくしかありません。

「陽葵《ひまり》ちゃんが言ってたんです。センパイは女の子に免疫がないから、ボディタッチでイチコロだって。手相占いも、陽葵《ひまり》ちゃんと一緒に考えた作戦でした」

「なるほど」

「でも、こんなのひどいです」

胸の内に膨らむ不満を表明すべく、私は顔を上げます。

「夢の中でいつもイチャイチャしてるのに、効くわけないじゃないですか！　返り討ち確定じゃないですか‼　ズルいです‼」

「そう言われてもな……」

センパイは困ったように答えます。もちろんセンパイが悪くないのはわかってるんですけど。

――今になれば、なぜセンパイがドキドキしなかったのかがわかります。

無防備なパジャマ姿の私を毎晩抱きしめているセンパイにとって、昼にやったような制服でのボディタッチなんて可愛《かわい》いもの。

センパイに免疫をつけていたのは、他ならぬ私だったのです。

……でもそんなの、現実の私は知りませんよ！　夢の私、ズルい!!

「うぅ……」

というか、いつも夢であんなにベタベタ甘えてるの、冷静に考えるとヤバすぎませんか。放課後くらいのことでドキドキしてたのがバカみたいです。

……こんな反省、前にもしたような気がしますね。でもやっぱり仕方ないんですよ。

夢の中なら、私はセンパイといくらでもイチャイチャできるんですから。

そんなことを考えながら、私が膝に顔を埋めていると。

「……ダメだっただろうか？」

「え？」

なぜかセンパイは、不安げな口調で私にそう尋ねました。思わず顔を上げます。

「ダメだったって、何がですか？」

「実のところ、君が狙ってボディタッチを増やそうとしていることには途中で気づいた。昨日の夢で聞いていたこともあるし、少し様子がおかしかったからな」

「うっ」

全部バレてたんじゃないですか。なおさら恥ずかしすぎるんですけど。

「だから、こう思った。夢での学びを現実で活《い》かすチャンスだと」

そこまで言うと、センパイは体をひねり、真《ま》っ直《す》ぐな目で私を見ます。

「ああして髪を梳《す》き、撫《な》でられるのが君は好きだろう。だから現実でも実践してみたのだが、どうだっただろうか？　もしダメだったのなら、今後のためにも、どう感じていたのかを教えてほしい」

「…………」

私がうつむいて唸《うな》っているのを、センパイは自分の不手際《ふてぎわ》のせいだと思ったようです。実際は、自分の言動を省みて恥ずかしくなっていただけなのですが。

言葉でごまかすことは簡単です。ですが——現実で何を考えていたか、夢の中で正直に伝える。かつて私はそんな約束をセンパイと交わしました。

だから、そんな真剣な目で聞かれたら……正直に答えないといけないじゃないですか。

「100点満点ですよ！　もうっ!!」

「っ！」

私は立ち上がると、定位置――センパイの膝の間に座り込みました。

そのままセンパイの膝をペシペシと叩《たた》きます。

「めちゃめちゃドキドキしましたよ！　ふわふわした気持ちで今日一日何も手につきませんでしたよ！　見事に返り討ちにされましたよ！　これで満足ですか！」

「……ああ、それなら良かった」

暴れる私に対し、センパイは安心したように微笑《ほほえ》みます。

――昨日のセンパイの「成長を示す」という言葉を思い出します。あれがセンパイなりの、勇気を出した行動だったのでしょう。

だけど、そんな余裕な態度もズルくて、私は頬を膨らませるしかありません。

「ああしてくっつくのだって、私はすっごくドキドキしてたんですよ？　なのにセンパイは、そんなことを考えられるくらい冷静だったんですね」

「まったくドキドキしなかった……とまで言えば嘘《うそ》になるが、意外にも落ち着いていられた」

するとセンパイは、いつものように左手で私を抱きしめ、右手で私の髪を梳《す》きました。

長い髪の間から、私の耳が露《あら》わになります。

「あの時の君は……自分からくっついてきたのに、耳の先まで真っ赤になっていたからな」

「なっ、なっ……!!」

「そう、ちょうどこんな感じだ」

「なんですかそれ！　センパイのくせに生意気です‼」

「暴れるな暴れるな」

ジタバタする私を、センパイは大きな身体《からだ》で包み込みます。

——この夢を見始めたときと比べて、センパイのレベルがすごく上がっている気がします。育てたのは私な気もしますが。

っていうか、現実ではこれから、センパイからのこんなアプローチがこれからも続くんですか？　心臓が持たないんですけど。

……なんだか、夢でも現実でもセンパイに振りまわされっぱなしです。

そう思うと、せめて一矢《いっし》報いたいという思いがふつふつと湧いてきます。だから……。

「えいっ！」

「……っ」

私はセンパイの両手に自分の手を合わせ、ギュッと握りました。

昼に学校でもやったばかりの、恋人繋《つな》ぎ。バックハグとの組み合わせバージョンです！

「恋人繋《つな》ぎは夢を含めても初めてでしたよね～？　現実でやったんだから、夢でもやっていいですよね⁇」

「ああ、いいと思う」

「……むぅ」

センパイは優しく微笑《ほほえ》み、握る手の力を強めます。やっぱり全然効いてません。

まあ、こうして手を繋《つな》げるようにもなりましたし、私は幸せなので良しとしてあげます。

「今日のように現実で君を喜ばせられるよう、これからも頑張ろうと思う」

「……望むところです」

正直なところ、これ以上センパイを好きにさせられると困っちゃいます。なんてこと、悔しいので絶対に言ってあげませんが。

――そうしてセンパイの温《ぬく》もりを感じながら、私は夢から覚めていきました。

〰

「千春《ちはる》ちゃん、それじゃあ昨日のことを聞かせてもらおうかな」

翌日の昼休み。昨日と同じく、私と陽葵《ひまり》ちゃんは生徒会室にいました。

私の前に座る陽葵《ひまり》ちゃんは、腕を組み、どこか偉そうな態度で私に問いかけます。いかにも作戦会議っぽいです。

陽葵《ひまり》ちゃん――いえ師匠に受けた教えの成果を伝えるため、私は報告を始めます。

「昨日、私はボディタッチ作戦を実行に移しました。センパイは私たちが想像していた以上に手強《てごわ》かったのですが…… 〝攻めの姿勢〟でアプローチし、今までにない反応を引き出すことができました！」

「おおっ!!」

私の言葉を聞いた陽葵《ひまり》ちゃんは、ぱあっと目を輝かせました。

「一日ですっごく成長してるじゃん！　どんな感じだったの⁉」

「わかりやすく実演してみますね。陽葵《ひまり》ちゃんはセンパイ役をお願いします」

「は～い」

「では、手を出してください」

陽葵《ひまり》ちゃんが差し出してきた、センパイと比べればとても小さな手のひらを、私はつまむようにして受け止めました。

「作戦通り、まずは手相占いから始めました。センパイは何も警戒せずに手を出してきたので、最初のボディタッチは簡単に達成できました」

「うんうん。お兄ちゃんなら、これだけでもドキドキだったでしょ？」

「ですが、残念ながらそうはなりませんでした。センパイは平気な顔で、なんの反応もありませんでした」

「え～、ウソ～」

「マッサージも、手のひらを指でスーッとなぞるのも、あまり効いていなかったようです。なので、アプローチの強さが足りないと判断し、作戦を次のステップへと移しました」

私は陽葵《ひまり》ちゃんの手のひらを立てると、そこに自分の手のひらを合わせます。

昨日は、私より大きなセンパイの手がありました。

「手の大きさを比べるという建前で、私は両手をセンパイの手と合わせました。そして……」

「まさか……もう？」

私はうなずきながら、ぎゅっと陽葵《ひまり》ちゃんの両手を握りました。

「次のステップ、恋人繋《つな》ぎです」

「おお……！」

陽葵《ひまり》ちゃんの小さな手を私が包み込む、そんな感覚です。

昨日のセンパイもこんな風に感じていたのでしょう。

「これにはさすがのセンパイも、少し驚いたようでした」

「そりゃそうだよ！　恋人繋《つな》ぎなんてしたことあるはずないもん！　いや～千春《ちはる》ちゃん頑張ったね～偉い偉い」

「ふふふ、そうでしょうそうでしょう。我ながら成長を感じましたよ」

師匠に褒められ、気分は悪くありません。ここで踏み込めたのは師匠の言葉のおかげです。

「さすがにここまでやればお兄ちゃんも――」

「ですが、まだ終わりではありません」

「え？」

昨日のことを思い出しながら、私は話を続けます。

「ここまでやっても、センパイは少し驚くくらいで、思ったような反応を得られませんでした。このままでは陽葵《ひまり》さんに合わせる顔がない、そう思いました」

「いや、もうかなり頑張ったと思うけど……」

「やはりその時に思い出したのは、陽葵《ひまり》さんの言葉でした。そこで……立ってください」

私は立ち上がり、陽葵《ひまり》ちゃんも慌てて立ち上がります。

「私のスタイルの良さは武器、活《い》かさないといけない。そう言ってましたよね？」

「うん、言ったけど……」

「なので私は、背を比べるという建前で——こうして胸を押し付けました」

「うぇぇ!?」

私は一歩踏み出し、陽葵《ひまり》ちゃんとの距離をグイッと縮めました。

陽葵《ひまり》ちゃんの首元あたりに、私の胸がむにゅっと当たります。

「こ、これはちょっとやりすぎなんじゃ……」

「身長の関係からすると逆ですね。私がセンパイ役、陽葵《ひまり》さんは私役だと考えてください」

「あ、うん……え、これ私がおかしいの？」

「そしてここでセンパイは、今までにない反応を見せたのです」

「そりゃあここまでやったらね……」

「再現しますね」

至近距離で囁《ささや》かれたセンパイの言葉、一挙手一投足は、正確に思い出せます。なぜかって、昨日は何度も何度も脳内で映像がリピートしていましたから。

私は陽葵《ひまり》ちゃんを見下ろし、センパイのような無表情を作りながら——低い声で言葉を紡《つむ》ぎました。

「『こうして距離を縮めることで、改めてわかることもある。例えば……君の髪はとても綺麗《きれい》だ。触れてもいいか？』」

「え？　……ひゃっ⁉」

昨日のセンパイがそうしていたように、私は右手で陽葵《ひまり》ちゃんの頭に触れました。

こうして再現してみるとよくわかります。完っ全に抱き寄せてますこれ。

「お、お兄ちゃんがこんなことを……？」

「『この指通りの良さ、よく手入れされているのがわかる』」

私は右手の指で陽葵《ひまり》ちゃんの髪を梳《す》いていきます。

もちろん、左手で陽葵《ひまり》ちゃんの体を支えることも忘れません。陽葵《ひまり》ちゃんはされるがまま、私の首元に顔をうずめています。

……そうすること十数秒。

そして最後に、優しく陽葵《ひまり》ちゃんの頭をポンポンと撫《な》でます。

『戯《たわむ》れが過ぎたな。さて、そろそろ勉強でもするか』……そう言ってセンパイは私を離しました。以上、再現終了です」

私は陽葵《ひまり》ちゃんから離れます。すると陽葵《ひまり》ちゃんは目をパチクリさせながら私を見上げていました。

自ら再現してみたことで、昨日の記憶が、感覚まで含めて鮮明に蘇《よみがえ》ってきます。

体の奥から熱くなってきて——私は叫ぶのを我慢できませんでした。

「どうですかこれ！　肩を抱き寄せて、髪をスーって、頭ポンポンって!!　こんなセンパイ初めてですよ!!　そんなことされたらもっと好きになっちゃうじゃないですか!!　……はっ」

そこまで言って我に返ります。今は布団《ふとん》の中じゃなくて学校です。陽葵《ひまり》ちゃんの前です。

「失礼、取り乱しました。以上が昨日の報告です。どうでしょうか？」

私はごまかしながら、すごすごと椅子に座りました。陽葵《ひまり》ちゃんもそれに続きます。

すると陽葵《ひまり》ちゃんは——これ以上ないほど真剣な顔で私を見つめました。

「……千春《ちはる》ちゃん」

深刻そうな声色に、私もゴクリと唾を飲み込みました。

そして、陽葵《ひまり》ちゃんは言葉を続けます。

「現実と妄想を混同しちゃダメだよ」

「してませんよ!!　ホントに全部現実に起こったんですよ!!」

「本気で言ってる〜〜〜？」

陽葵《ひまり》ちゃんは眉をひそめ、私をじと〜っとした目で見つめます。全然信じていないようです。

ですがすべて真実。私は堂々と主張します。

「本気の本気で本当です。嘘《うそ》だと思うならセンパイに聞いてみてください」

「……わかった。そこまで言うなら信じるよ」

「ありがとうございます」

陽葵《ひまり》ちゃんは小さくため息をつき、そしてうなずきました。

そのまま顎に手を当ててうつむき、小声で何やらぶつぶつとつぶやきます。

「恋に盲目過ぎて脳内がお花畑になっちゃってる……一旦距離を置いたほうがいいかも……」

その内容は聞き取れませんでしたが、私のことを真剣に考えてくれているのは間違いないようでした。

そして陽葵《ひまり》ちゃんは顔を上げ、キリリとした表情で私を見つめます。

「千春《ちはる》ちゃんに次の作戦を授けます」

「……！　はい！」

「ズバリ、『あえて距離を取る』作戦だよ！」

陽葵《ひまり》ちゃんは腕組みしながら、新たな作戦を告げました。

「あえて距離を取る……どういうことですか？」

「千春《ちはる》ちゃんは毎日生徒会に来てるでしょ？　しばらくお休みしてみようってこと」

「え……」

つまり、センパイに会わないということです。それは作戦と言えるのでしょうか。

しかし陽葵《ひまり》ちゃんは、私の疑問を見透かすように言います。

「恋愛は押し引きが大事なんだよ。昨日の千春《ちはる》ちゃんは力いっぱいに押して、確かにお兄ちゃんから新しい反応を引き出した。でも見た感じ、まだけっこう余裕のある反応だったんじゃない？　本当に欲しい反応じゃなくない？」

「……う」

陽葵《ひまり》ちゃんに言われたのは、私も自覚していたことでした。

私はセンパイにドキドキしてほしかったのに、思っていた反応と違ったのです。

まあ、あれはあれですごく良《い》いんですけど。良かったんですけど！

「押してダメなら引いてみろ、っていう言葉があるよね。理由はわからないけど、お兄ちゃんは押しには強いっぽい。だけど、たぶん引きには弱いんじゃないかなあ」

「そうなんですか……？」

「千春《ちはる》ちゃんが生徒会を辞めるって言って、しばらく来なかった時があったでしょ。あの時のお兄ちゃん、けっこう堪えてるように見えたよ」

「そうだったんですか……！」

それはまさしく、陽葵《ひまり》ちゃんしか知り得ない情報です。

陽葵《ひまり》ちゃんはニヤリと笑みを浮かべ、私に問いかけます。

「見たくないの？　しばらく千春《ちはる》ちゃんと会えなくなったお兄ちゃんが、千春《ちはる》ちゃんを恋しがっている姿」

「――っ!!」

陽葵《ひまり》ちゃんの提示したセンパイ像は、私にとってあまりに魅力的でした。

さっそく脳内センパイジェネレーターが動き始めます――


「……花咲《はなさき》！」

休み時間。人通りの少ない廊下で、センパイが私を引き止めました。

ここは一年生がよく使う廊下。二年生がいるのは少し珍しいです。

「センパイ、どうかしましたか？」

「いや、たまたま君を見かけてな。最近、生徒会に顔を出していないだろう」

「すみません、少し用事がありまして。緊急で人手が必要な仕事などがありましたか？」

「……そういうわけではないのだが」

言葉を濁すセンパイ。その心のうちにどんな想《おも》いを秘めているかは明らかでした。

軽くセンパイを焦《じ》らしてから、私は満を持して――小悪魔モードを解禁します。

「もしかしてセンパイ、私と会えなくて寂しかったんですか～？　だからこんなところまで私を捜しに来ちゃったんですか～⁇」

「……っ！」

図星を突かれ、後ずさるセンパイ。ですが私は余裕な表情でセンパイを追い詰めます。

「どうしてほしいか、ちゃんと言ってください」

「……わかった」

そしてセンパイは余裕を失った表情で、私に懇願するのです。

「君のいない生活なんて、もう俺には耐えられない。だから、これからもずっと、俺のそばにいてほし――」


「こらこら！　すぐ妄想に入らないで！　セリフを全部垂れ流さないで！」

「……はっ！」

気づけば私は生徒会室にいました。じゃなくて最初からいたんですけど。

目の前では、陽葵《ひまり》ちゃんがジト目を私に向けています。

「あ、すみません。つい」

「ついじゃないよ！　一回聞かれたからってリミッター外さないで！　まあでも……バッチリ想像できたみたいだね」

何を、なんて聞くまでもありません。私はしっかりとうなずきました。

「私に会えなくて悶々《もんもん》とするセンパイの姿、見たいです！　見せてください!!」

「その意気だよ！　お兄ちゃんには用事があるらしいって言っとくから！」

「ありがとうございます！」

弱ったセンパイの姿を想像してニヤつきながら、私は作戦の実行を決意するのでした。

＊

「センパイに会えないのってこんなに辛《つら》いんですか……？」

その日の夜。私は布団《ふとん》にくるまりながら――絶望していました。

それもそのはずです。今まで学校のある日は毎日生徒会に顔を出し、何時間もセンパイと過ごしていましたから。

休日は仕方ないと割り切れるのですが……「会えるのに会わない」のが、まさかこんなに辛《つら》いなんて。

もう半袖で寝る季節なのに、体中の震えが止まりません。いわゆる禁断症状です。

「……今すぐセンパイ成分を補充しないと」

私は震える手でスマホを掴《つか》み、手早く写真アプリを開きました。

すぐに見られるように設定しているのは、センパイの写真を集めたフォルダです。

「……えへへ、センパぁイ」

画面にズラリと映ったセンパイコレクションを見て、私は頬を緩めます。中でもお気に入りの写真を二枚ご紹介しましょう。

一枚は、お見舞いに行った時に撮った、センパイの無防備な寝顔。ずっと見ていられるくらい可愛《かわい》いです。

こんな姿を撮れることはもう二度とないでしょう。寝ぼけたセンパイに抱きしめられた思い出とセットで、何度でもじっくり楽しめる一枚です。

そしてもう一枚は、センパイとデートした時にプリ機で撮ったもの。私とセンパイが並んでいて、加工は抑えめにしています。

ただでさえカメラ目線の写真は激レアなのに、センパイが小《ち》っちゃくピースまでしてるんですよ。可愛《かわい》すぎますね。

え、カメラ目線以外の写真はどうやって撮ったのかって？　乙女の秘密です。

「でも……こんなんじゃ足りないです」

私はスマホを置くと、ベッドの後ろの棚に置いている、熊のぬいぐるみを手に取りました。

寝転んだまま顔の真上に掲げ、そのつぶらな瞳をじっと見つめます。

「ふふふ、何回見てもセンパイにそっくりですね～～」

私はにやけ顔を抑えられないまま、ぬいぐるみを胸に抱きしめました。

このぬいぐるみは、ショッピングモールをブラブラ歩いている時、ふと目が合い、センパイと同じ雰囲気をビビッと感じ、気づけば購入していました。

あれはまさに運命的な出会いでした。まるで、私とセンパイの出会いのように。

このぬいぐるみを部屋に飾っていると、いつもセンパイと一緒にいる気分になれます。

……とはいえ、生身のセンパイの代わりには到底なりえませんが。

「センパイと次に会えるのはいつになるんでしょう……」

そう呟《つぶや》いてみてから、私は重大な事実に気づきました。

──いつまで生徒会を休まなきゃいけないのか、陽葵《ひまり》ちゃんに聞いていません。

明日も、明後日《あさって》も……まさか明々後日《しあさって》も？

一週間丸々、なんてことはさすがにないですよね？

それまでは、朝の挨拶で一瞬だけ会話するとか、廊下ですれ違うとかだけ……そんなの耐えられるわけが……。

「いえいえ、ダメです！　きっとセンパイも私と同じ気持ちのはずです！」

ぶんぶんと首を大きく振って、私は気合を入れ直しました。

ここを我慢すれば、私に甘えてくるセンパイの姿が見られるのです！　きっと！

──センパイと会えない時間が一分でも短くなるように、私は早めに電気を消し、眠りにつくのでした。

〜〜〜


「……センパイ？　うっ！」

いつの間にか私はセンパイの部屋にいて、うずくまっていました。

私を見守るセンパイの前で、またしてもいつも通り、今までの記憶が脳に流れ込んできます。

そうしてすべてを理解し――私は立ち上がって、叫びました。

「この作戦、全然意味ないじゃないですか！　私は我慢してるのに！　センパイだけ毎晩私に会えるなんてズルいです!!」

「どうしたどうした」

「なんでこうなるんですか！　もう！　もうっ!!」

私はセンパイのベッドにダイブすると、布団《ふとん》に鼻を当てながらうずくまり、バンバンと枕を叩《たた》くのでした。

「作戦、というのは？」

「……はい。今日、私は生徒会を休みましたよね」

「ああ。しばらく用事があって来られない、と陽葵《ひまり》には聞いたが」

私はベッドの隅に体育座りをしていました。昨日とまったく同じ夢のスタートです。

「実はこれも、陽葵《ひまり》ちゃんと立てた作戦なんです」

「来ないことが、作戦？」

「私がしばらく生徒会に行かなければ、次第にセンパイが私を恋しく思って、私のことしか考えられなくなって、好きになっちゃう……っていう作戦……です……」

言っているうちに恥ずかしくなり、どんどん声が小さくなっていきます。

センパイを落とすために立てた作戦を、センパイに伝える。何の時間なんでしょうこれ。新手の拷問ですか？

「なるほどな、そういう発想だったか」

「冷静に納得しないでください恥ずかしいじゃないですか。……どうですか？　ちゃんと寂しかったですか？」

「いや、今日一日では特に何も思わなかったな」

「……むぅ〜〜〜」

正直すぎるセンパイの答えに遺憾の意を唱えるべく、私は立ち上がりました。

そして、やはり昨日と同じように、センパイの膝の間に座り込みます。

「今日は膝の間に来るのが早いな」

「うるさいです。生徒会で会えなくて、いつも以上にセンパイ成分が足りてないんです」

私の要求が伝わったのか、センパイは私をそっと抱きしめます。もちろん、ちゃんと髪を梳《す》いたり頭を撫《な》でたりすることも忘れません。

そんなセンパイにもたれかかりながら、私は唇を尖《とが》らせて言います。

「私は寂しかったです」

「……っ」

「一日だけなのにって思いますか？　日数なんて関係ないんです。センパイに会えるのに会わない、それだけのことがすっごく辛《つら》いんです」

自ら本心を暴露しながら、私は肘でセンパイの脇腹をツンツンとつつきます。

「私が寂しいのにセンパイが寂しくないなんておかしいですよね。だから今のは、嘘《うそ》でもいいから、寂しかったたって言うのが正解なんです。わかりましたか？」

「……なるほど。反省する」

「次はしっかりお願いしますよ？」

ああもう。私ったら、なんてめんどくさい女なんでしょう。

でも仕方ないですよね。現実で思ったことを夢で話す、そういう約束なんですから。これくらいのわがままは許されるはずです。

「私ばっかりセンパイのことが好きみたいで、ズルいです」

私はセンパイの腕を解き、立ち上がりました。

それからセンパイの方を向き、改めてセンパイの膝の間に潜り込み、センパイの大きな身体《からだ》を抱きしめながら体重を預けます。

――心臓と心臓が重なるような、正面からのハグ。

バックハグよりも「私から甘えてる」感が強くて、たまにしかやってあげないんですが……

今日くらいはいいですよね？

センパイは私の求めに応えるように、私を受け止めながら腕の力を強めます。

「安心して欲しい。俺は――君が好きだ。その気持ちが揺らぐことはない」

「……正解です。よくできました」

こんなめんどくさい私にも、夢の中のセンパイは欲しい言葉をくれます。

もっとセンパイに私を好きになってほしいのに……この幸せに溺れたくなってしまいます。

ずっと一緒にいたいと思ってしまいます。

「センパイにもう一つお願いがあります。明日、私を生徒会に呼んでほしいです」

「本当は用事などないのだろう？　普通に来ればいいんじゃないか？」

「違います。陽葵《ひまり》ちゃんと約束しちゃった以上、私からはもう行けないんです」

「なるほどな……わかった」

「約束ですよ」

なんだか今日はセンパイに甘えすぎている気がします。これもきっとセンパイに会えなかったせいです。つまりは陽葵《ひまり》ちゃんのせいで、私は悪くないんです。

やっぱりセンパイには毎日会わないとダメですね。そう自分を正当化します。

——そのまま意識が薄れるまで、私はぎゅっとセンパイにしがみつくのでした。


〜〜〜


早く寝れば、早く起きる。それが人間というものです。

だから……いつもより早く寝て、いつもより早く起きた私が、いつもより早く家を出たことも、何もおかしくないはずです。

一秒でも早くセンパイに会いたかったからとか、そんなんじゃないですよ。決して。

「……来ましたね」

まだ登校する生徒がほとんどいない、朝の8時過ぎ。

曲がり角に身を潜めていた私は、こちらに向かって歩いてくるセンパイの姿を視界に捉えました。

——朝の挨拶活動のため、いつもセンパイはかなり早めに登校します。

普段なら私は普通の時間に登校して、校門前で少し言葉をかわす程度なのですが、今日は私もたまたま早く登校したので、たまたまセンパイと鉢合わせることになりそうです。

昨日の放課後は会わなかったわけですし、ちょっとくらい話すのは自然ですよね。それくらい、陽葵《ひまり》ちゃんの作戦にも反しませんよね。

「……よし」

私は拳をぐっと握って意気込むと、姿勢を正し、何事もなかったかのように歩き始めました。

そうして鉢合わせ、奇遇なふりをしながら話しかけます。

「おはようございます、先輩」

「花咲《はなさき》か、おはよう。今日は早いんだな」

「はい。少し早く目が覚めたので」

私たちは珍しく、並んで校門の方へと向かいます。

待ち望んでいた時間ですが、ここで浮ついてはいけません。余裕な態度のまま、センパイに探りをいれるのです。

「すみません、昨日は生徒会を休んでしまって」

「いや、問題ない。今は大きな仕事などもないしな」

「…………」

淡々としたセンパイの言葉を聞いて、少し気分が沈みます。それはつまり、まだセンパイが寂しがってないということですから。

センパイの反応によっては、小悪魔モードになって「私がいなくて寂しかったですか～？」と聞いてみたかったですが、まだ早いようです。

「しばらくはお休みするかもしれませんが、よろしくお願いしますね」

だから私は、苦虫を嚙《か》み潰すような思いを隠しながら、平然とそう告げます。

本当なら今すぐにでも撤回したいのですが、陽葵《ひまり》ちゃんと相談した手前、そう簡単には折られません。

ここまできたら、センパイが音を上げるまで私も我慢です。

「そうか……」

するとセンパイは、何やら考え込むように、顎に手を当てました。

不思議に思ったのもつかの間——センパイはポツリとつぶやきます。

「しばらく君に会えないと思うと、少し残念だな」

「……ふぇ？」

思わず足が止まってしまいました。隣を歩いていたセンパイも私に釣られて止まり、私の方を振り返ります。

——ともすれば聞き流してしまいそうな、あまりにサラリとした言葉。だけどその意味をしっかり考えれば、重大な発言だとわかります。

それって……それって……！

「センパイってば〜、私と会えないのがそんなに寂しいんですか〜？」

「……っ」

私はにんまりとした笑みを浮かべ、センパイを煽《あお》ります。思わず声が弾んでしまったのも仕方がないでしょう。

──キタキタキタ！　来てます！　思っていたとおりの流れが!!

満を持して、小悪魔モード発動です!!

「まだたった一日ですよ〜？　もう音を上げちゃうんですか〜？　早くないですか〜??」

「……それは君の方だろうに」

「え？　何ですか？」

「いや、なんでもない」

センパイが小さく何かをつぶやきましたが、聞こえませんでした。

いえ、そんなことより、今はこの流れに任せましょう！

「私と一緒にいたいって言ってましたもんね〜？　いなくなって初めてわかる私の大切さを実感しちゃったんですよね〜??」

「……もうそういうことでいい」

「もう、センパイったら照れ屋さんなんですから。仕方ないですね〜、そんな寂しがり屋なセンパイのために、今日から復帰してあげます」

「用事はいいのか？」

「はい、もともと大した用事ではなかったので」

追及されても困るので強引に押し切りながら、私はセンパイの目を覗《のぞ》き込みます。

「センパイは私がいないとダメなんですから」

「……ふざけたことを言ってないで、さっさと行くぞ」

「は～い」

センパイは逃げるように会話を切り上げ、歩き始めました。私もその後に続きます。

やがて校門をくぐり、靴箱からは方向が違うので別れます。

教室への道で、私は心を整理し……ふつふつと喜びが湧き上がってきます。

やっぱりセンパイも私と一緒だったんです！　寂しいのは私だけじゃなかったんです！　作戦大成功です！

何より、これで――またセンパイと放課後を過ごせます。

「花咲《はなさき》さんがスキップしてる……？」

「あんなにニコニコしてるの初めて見たぞ……？」

周りが何やら騒がしい気がしますが、そんなことを気にしていられません。

これ以上なく幸せな気分のまま、私の一日が始まるのでした。

＊

そんなこんなで日々を過ごしていた、とある金曜日の夜。

私は家の玄関で、大きなキャリーバッグを持った両親を見送っていました。

「それじゃあ二週間、家のことはよろしくね」

「本当に一人で大丈夫かしら？　誰かのところに預かってもらってもいいのよ？」

「大丈夫ですよ、私ももう高校生ですから」

ニコニコしているお父さん、少し心配そうなお母さん。

一見して普通の両親ですが、実はこの二人、ただ者ではありません。

私の両親――花咲大介《はなさきだいすけ》・花咲香純《はなさきかすみ》――は、国民的な俳優です。名前が売れた今ではタレントとしてバラエティ番組などに呼ばれることも多く、花咲《はなさき》夫婦として親しまれています。ＣＭにも数多く出ていたり、テレビで見ない日はありません。

ですが、やはり本業は俳優。映画やドラマで二人が同時に起用されれば、それだけで大きな話題になります。

なので今回のように、撮影のためにしばらく家を空けることもよくありました。

「千春《ちはる》はしっかりしてるから助かるよ。それじゃあ行ってくるから、気をつけてね」

「わかってると思うけど、オーディションも近づいてるのよ。食事、運動、睡眠……私たちがいないからって、決して気を抜いてはダメよ」

「もちろんです。お二人もお気をつけて」

私が深々と礼をすると、扉が閉まりました。キャリーバッグを引くゴロゴロという音が次第に遠ざかっていきます。

そしてそれが聞こえなくなった頃——私はニヤリと微笑《ほほえ》みました。


時は過ぎて、23時。

「自由だ〜〜〜〜〜〜!!!!」

大きな声で叫びながら、私はベッドに飛び込みました。

それも、いつもと違い……生まれたままの姿で。

「もう暑いですからね〜。蒸し暑い脱衣所でドライヤーしなくてもいいし、服を着る前にリビングでストレッチしてもいいし……一人って最高ですね！」

そうなんです。私はこの、一人の時間が大好きでした。

——私は花咲《はなさき》夫婦の娘であり、未来の大女優です。周りの視線には常に意識を向ける必要があり、それは両親の前とて例外ではありません。

ですが、両親が家を空けるこの時間だけは……完全に自由なのです！

「そんな自由な夜のお楽しみと言えば……可愛《かわい》いナイトウェアですよね！」

ふわふわなベッドの感触をひとしきり楽しんだ私は、立ち上がってクローゼットを開けました。そして棚の中の、一番奥を探ります。

そこにあるのは、いかにも「使いません」という風にカモフラージュされた段ボール。

しかし、それを開いてみると入っているのは——両親にも秘密で私がコレクションしている、可愛《かわい》らしいネグリジェやランジェリーたちです！

「両親の前ではこんなの着られませんからね～！　テンション上がりますね～!!」

綺麗《きれい》に畳んだ服を丁寧に取り出してベッドに並べながら、私は頬をだらしなく緩めます。

可愛《かわい》らしいナイトウェアは気分を高める、これは事実です。

ですが、そういう服は得てして俗っぽかったり、ちょっぴりえっちだったり、両親の前で着るのが憚《はばか》られるのもまた事実。

なので、両親がしばらく家を空けるような日にだけ楽しめるのです。

「そういえば、前に新しく買ったんでしたっけ。着てみよっと！」

するとその時、段ボールの奥底から包装されたままの黒い服を見つけました。

手早く服をビニール袋の包装から取り出します。服を頭から被《かぶ》り、セットでついているパンツも穿いて、鏡の前に立ち……思わず苦笑いしてしまいました。

「これは……バカみたいにえっちですねぇ」

まあ取り出した瞬間に薄々感づいてはいたのですが、目で確認すると強く実感します。

私が着用したのは――黒のベビードールでした。

ベビードールとは、刺繡《ししゅう》やレースが施されたワンピース型のランジェリーのことです。

そう一言で言っても幅が広く、シルエットを補整したり、リラックスできたりと、いろんな機能があるのですが……いま着ているものは、明らかにセクシー特化でした。

まず、生地がすっけすけの素材です。

お腹《なか》や膝にかかる部分なんて、気持ちちょっと黒く見えるかなというくらいで、おへそまでしっかりと確認できてしまいます。体のラインもパンツも丸見えです。

じゃあ大事なところ、胸の部分はどうかというと、こちらもレースがあしらわれ、白い肌との差でくっきりと花柄が浮き出ています。つまり、ちゃんと肌が見えます。

下手な水着より肌面積が広いですし、セットでついているパンツも当然のようにTバックですし……これはもう完全に、そういうプレイ用のアレです。

……弁解しておきますが、あくまで私が好きなのは可愛《かわい》い服です。可愛《かわい》さを追求した結果、ちょっぴりえっちになってしまうこともあるだけです。

いやでも、さすがにこれを買ったのは深夜テンション過ぎたというか、あまりにアダルトすぎるような……。

「いえいえ、私だってもう高校生です！　大人の色気が必要ですよね！」

そう自分に言い聞かせながら、私は鏡に映る姿をしっかりと見ます。

こんなベビードール、ちゃんとスタイルが良くないと目も当てられないでしょう。

ですが、私の体形はバッチリです。引っ込むところは引っ込みつつ、出るところはしっかり出ています。お母さんの厳しい生活管理のおかげですね。

そして、中でもこの服装で一番強調されている——胸を、下から手で持ち上げてみます。

成長が止まったらナイトブラを、なんて話もお母さんとしていますが、まったく止まる気配がありません。日に日に大きくなっているような気がするのは、これもお母さんの食生活管理のおかげなんでしょうか。

だけどおかげで、こうした服装もバッチリ着こなせます。

そして、この姿を見せる相手がいるとしたら——思い浮かぶ人なんて一人しかいません。

陽葵《ひまり》ちゃんの協力もあり、少しずつ私にデレを見せてくれている、そんなセンパイ。

「センパイはもう私の魅力に陥落寸前ですし？　お家《うち》デートも時間の問題ですし？」

言い訳するようにそうつぶやきながら、鮮明な映像が脳裏に浮かび上がってきました——


「**お湯加減はいかがでしたか？**」

「**ああ、良かった。ありがとう**」

時刻は夜の23時。場所は私の部屋。

先にお風呂《ふろ》を済ませていた私は、大きめのカーディガンを羽織り、センパイを出迎えました。

お風呂上《ふろあ》がりで火照《ほて》ったセンパイを手招きし、私たちはベッドに並んで座ります。

「まさかこうして君の家に泊まることになるとはな」

「何にもおかしいことじゃないですよ。だって私たちはもう――恋人なんですから」

「……ああ、そうだな」

噛《か》みしめるようにそう言って、センパイは表情を緩めます。

――そう、私たちは結ばれました。

女優としての人生、両親の目、学校の人々の目。ここに至る前に様々な障害はありましたが、私たちは強い絆《きずな》でそれらを乗り越えたのです。

「私たちを邪魔するものはもう、何もありませんよね」

そう言って私は立ち上がると、センパイの前に立ちました。

何事かと私を見つめるセンパイに見せつけるように――私はカーディガンを脱ぎ捨てます。

「――っ!」

センパイがいつもの無表情を大きく崩し、目を見開きました。

その目が血走ってしまうのも仕方のないことでしょう。

「こんな姿を見せるの、センパイだけなんですからね」

思った通りの反応を愉快に思いながら、私はにんまりと微笑《ほほえ》みます。

私が着ているのはもちろん、扇情的な黒色のベビードールです。

「恋人になって初めてのお泊まりデート……期待してたんじゃないですか？」

「………………」

否定することもできず、図星を突かれて黙り込むセンパイ。

必死に目を逸《そ》らす姿からは、私の体を直視したい欲望と闘っているのが丸わかりです。

私は微笑《ほほえ》みながら、続いてベッドに寝転びました。

枕に頭を乗せて仰向けになり、こちらを見たセンパイの目を、試すように覗《のぞ》き込みます。

「我慢しなくていいんですよ？」

「――っ！」

目の色を変え、私の上に覆いかぶさるセンパイ。その様子をたとえるならば、まさしく狼《おおかみ》。

しかしまだセンパイの理性は生きているのか、私の頭の両隣に手のひらをついたまま、黙って私を見つめています。

その乱れた呼吸からは、もう我慢の限界であることが伝わってきました。

だから私は最後のひと押しに……少し頭を起こし、センパイの耳元で、とびっきりの甘い言葉を囁《ささや》きます。

「初めてなので、優しくしてくださいね」

「……すまない、それは無理だ」

プツリ、とセンパイの理性の糸が切れたのを感じました。

センパイは右手でベビードールの肩紐《かたひも》を摑《つか》むと、そのまま強引に唇を――


「って、ダメですよ！　問答無用でR18ですよ‼　よい子には見せられないシーンが始まっちゃいますよっ‼‼　……はっ」


今年一番の大声を出していることに気づき、私は口を塞ぎました。いつの間にかベッドの上に移動しているあたり、私は妄想通りの動きをしていたようです。

ですが、よくよく考えてみれば、今日はいくら声を出しても大丈夫なんです。

なぜなら、隣の寝室に両親はいないから。この前みたいにお母さんに注意されることはありません。

「……とはいえ、ですよ。すごい妄想をしてしまいました」

意識が現実に戻り、少しずつ頭が冷えていきます。

なんですかあれ。いろんな段階をすっとばして、交際後にまで思考が飛んでましたよ。しかも私ったら、センパイにあんな誘惑を……。

恥ずかしさが後から襲ってきて、体の奥から熱くなってきます。顔が赤くなっているのが自分でも分かるくらいに。鼓動の速さが自分でも感じられるくらいに。

「でももし、本当にこの姿でセンパイと夜を過ごしたら……」

だけど、それでも、間違いなく言えることがあります。

それは——妄想に浸る時間は、とても幸せだということ。

都合が良すぎるとか、ありえないとか、そんなことは関係ありません。こんな妄想にリアリティを感じられるほどに、最近のセンパイとの関係はうまくいっています。

冷静になってなお、こんなに幸せな気持ちでいられるなら……さっきの続きを思い描けたら、どれだけ幸せなことでしょう。

「……センパイはまだ、見ちゃダメです」

私は棚に手を伸ばし、いつもは私を見守ってくれている熊のぬいぐるみを後ろに向けました。

今日は私の他に誰もいません。私がどんな声を出しても誰にも聞かれませんし、部屋に突然お母さんが入ってくるようなこともないのです。

それに、土日はセンパイにも会えません。だから……。

「今日くらいは……いいですよね？」

誰に向けてかもわからない言い訳をこぼしながら、再び熱を帯びていく私の体。

胸に、お腹《なか》に。薄いベビードールの上から手を置いて、私はその熱を感じ取ります。

——それからたっぷり一時間はセンパイと愛し合う妄想に浸った後、私は疲れ果てて落ちるように意識を手放したのでした。

〜〜〜


「……センパイ？」

ぼんやりとしたまま、私は意識を取り戻しました。目の前では、パジャマ姿のセンパイがベッドに腰掛けており、思わずそう呼んでしまいます。

すると、センパイは私の姿を見るやいなや——目を見開き、光の速さで顔を逸《そ》らします。

「は、花咲《はなさき》？　その姿は……？」

「え？　……うわあああああああああっ⁉　なんでセンパイがいるんですかっ‼⁉」

私は考えるより先にうずくまり、抱えるようにして自分の体を隠しました。

——今の私が着ているのは、丸見えですっけすけなベビードール。絶対に人前で着ちゃいけないやつです。

なんでこの姿がセンパイに……なんて思っているうちに、記憶が戻ってきました。

「……いつもの夢じゃないですかぁ」

へなっとした声でそう漏らし、私は頭を抱えます。

私は毎晩、夢の中でセンパイと会います。だけど現実の私はそんな事を知らないので、ベビードールを着たまま眠ってしまったのです。

しかも、しかもですよ。眠りに落ちるまでたっぷりと、あんなことやこんなことをしていました。妄想の中ではセンパイと、現実では一人で。

あれ、ちゃんとパンツは穿き直しましたっけ……あ、穿いてますね。良かった、いや全然良くないです。

いきなりこんな夢に放り込まれて、センパイの顔なんて見られるわけないじゃないですか！

「うぅ……どうしてこんなことに……」

「わかっている、俺に見られるとは思っていなかったんだろう。大丈夫だ、もう見ないから」

私をフォローするセンパイの声が遠く感じて、私はチラリと顔を上げます。

センパイはベッドの隅で、壁の方を向いてあぐらをかいていました。万が一にも私が視界に入らないようにという配慮でしょう。

「でも……はしたない女だと思いました、よね……？」

「まさか。君が何を着て眠ろうと自由だ。それを盗み見る形になり、本当に申し訳ない」

「……今日から両親がロケで、ずっと家にいないんです。それで、両親がいるうちはなかなか着られませんけど、こういう可愛《かわい》い服を着るとテンションが上がるんです。本当にそれだけなんですよ？」

「なるほどな。良《い》いリフレッシュ方法だと思う」

壁の方に体を向けながら、センパイは何事もなかったかのように私と会話を交わします。そうしているうちに、私もだんだん冷静になってきました。

そうです、私は何も悪くありません。私は何も知らなかったのですから。

「これはあくまで事故、ですよね」

「ああ。それに安心してほしい。君のことをそういう目で見ることは絶対にないから」

「………」

だけどその言葉は、聞き捨てなりませんでした。

私を安心させるための、センパイらしい誠実な宣言。

そうわかっていても――私には不満でした。

「取り乱してすみません。もう大丈夫ですから、こっちを向いてください」

「いや、でも――」

「いいから早く」

「ああ、わかった……なっ⁉」

私に急《せ》かされて体をこちらに向けたセンパイは――またもや目を見開きました。

「どう、ですか？」

私はただ――何も隠さず、センパイの前に立っていました。

肌もボディラインも谷間もおへそもパンツも、すべてが丸見えです。

だけど私には、そうするだけの強い想《おも》いがありました。

「……見ても大丈夫、なのか？」

「一度見られちゃいましたからもう一緒です。せっかくなので、感想を聞かせてもらおうと思いまして」

「感想……綺麗《きれい》だと思う。とても」

「ありがとうございます。でも――それだけですか？」

「……っ」

こうして話している間にも、センパイの顔がどんどん赤くなっていきました。

同時に、センパイの視線が一点に釘付《くぎづ》けになっているのに気づき……私は挑発的に言います。

「クラスで一番大きいんですよ？」

「――っ！」

「もしかしたら学年で一番かも……って、目を逸《そ》らしちゃダメですよ～」

「いや……」

目のやり場に困りながら、しかし私の体から目を離せないセンパイ。

私はそんなセンパイを見て、恥ずかしさ以上の喜びを感じていました。

――これですよ！　これこそ、ずっと私が見たかったセンパイです!!

普段のセンパイからは想像もできない、私の魅力にタジタジなセンパイ。初心《うぶ》で恋愛に奥手なセンパイの、私だけが見られる姿。

やはり陽葵《ひまり》ちゃんの言うことは正しかったのです。センパイは女性に免疫がなく、色仕掛《いろじか》けは正解でした！

センパイの鉄の無表情を崩すには、このレベルで攻めないといけませんでしたが……。

とにかく、千載一遇のチャンスがやってきたのです‼

何のチャンスかは私にもよくわかりませんが、心が叫ぶままに私の体は動きます。

「私のこと、好きなんですよね？」

「……もちろんだ」

「じゃあ、私をそういう目で見ないのはなぜですか？　私じゃ魅力がないですか？」

「いやいや、決してそんなことはない……のだが……」

「ふふっ、意地悪な質問でした。センパイも男の子なんですね」

私は余裕な笑みでそう言うと、ベッドに手をつき、四《よ》つん這《ば》いになりました。

ベッドの隅にいるセンパイを追い詰めるように進み、私は迫ります。

センパイがゴクリと喉を鳴らすのが聞こえました。

「ここは夢の中です」

センパイは後ずさろうとしましたが、背中には壁。私から逃れることはできません。

夢の中では理性が弱くなる。それはセンパイも同じはずです。

「こんな格好で夢にやってきたのは私ですから、センパイに罪はありません。何をやったとしても、どうせ明日になれば、現実の私はすべて忘れてます。だから……」

私は着実に距離を縮め、センパイの視線の先は私の体から、すぐ近くに迫った私の目へと移っていました。

今こそ妄想……ではなく、イメージトレーニングの成果を見せるときでしょう。

挑発するように、受け入れるように。妄想と同じ言葉を、私はセンパイに語りかけます。

「我慢しなくていいんですよ？」

「──っ！」

次の瞬間、センパイは──私の両肩を強く摑《つか》みました。

その大きな手には力が入っていて、いつも抱きしめてくれるときの優しさとは感触がかけ離れています。

──このまま理性の切れたセンパイに押し倒され、愛され、身も心もトロトロにされる。そんな妄想通りの未来を私は強く予感します。

しかし──そうはなりませんでした。

「だからこそだ」

「え？」

センパイはそのまま腕をぐっと伸ばし、私を引き離します。その目には、再び理性が戻っていました。

強い気持ちを感じさせる声で、センパイは言葉を紡《つむ》ぎます。

「夢の中の俺たちは両想《おも》いだから、やろうと思えば、現実の関係性を無視していくらでも先に進める。だがそうすれば――その出来事を、現実の君は永遠に知り得ない。それは嫌だろう」

「……そう、ですね」

「君は今、感情が高ぶっている。だが、ここで一時の衝動に従ってしまえば、きっと後悔することになる」

なだめるようなセンパイの言葉を聞いて、だんだんと頭が冷えていきます。

――最初の夢で、私たちはあらゆる段階を飛び越え、両想《おも》いだとわかりました。

お互い盛大に告白し合い、情熱的に抱きしめ合い……そんなところから始まったせいで、ベタベタとしたスキンシップは加速していきました。

それでも……それ以上の恋人らしい行為には、暗黙のうちに一線を引いていました。

夢の中で関係を進めてしまえば、それを現実でも覚えていられるのはセンパイだけ。

たとえ現実の関係性が夢に追いついたとしても、現実の私は、初めて関係性を進めた瞬間の思い出をセンパイと共有できないのです。

そんなの――代償が大きすぎます。

「……そうですね、センパイの言う通りです。暴走しちゃってすみません」

「いや、謝らないでほしい。あくまで今回のことは事故だ」

センパイは安堵《あんど》したように、息を大きく吐きました。私もセンパイから離れます。

——それにしてもセンパイはすごいです。

好きな人にこれだけ迫られても、流されず冷静にいられるなんて。もし逆の立場だったら、私じゃ絶対無理です。

何より——もし状況に流されていたとしても、すべてを覚えていられるセンパイにとっては、なんのデメリットもないのに。

「……センパイはこんなときも、私のことを第一に考えてくれるんですね」

「うん？　当たり前だろう」

センパイは不思議そうに、本当に当然のように言います。

ああ、なんてめんどくさいセンパイなんでしょう。センパイがもっとチョロければ、もっと簡単に落とせていたのに、そう思います。

だけどきっと——そんなセンパイだから、私は好きになったのです。

「ああもう、センパイってホントにズルいですよね」

「……？」

この夢を見る前も、見てからも、ずっとそうです。

夢の中でも現実でも、私はもっともっとセンパイが好きになってしまいます。センパイにももっと私を好きになってほしいのに。

だから……誘惑は失敗してしまいましたが、一泡吹かせないと気が済みません。

「つまり、夢でハグより先のことをするのは、現実でしてから。そういうことですよね？」

「ああ、それがいいだろうな」

「なら――ハグならいいですよね？」

「……っ！」

私はベッドにぺたんと座ったまま、無防備に両手を広げ、センパイに向き合いました。

いったん立ち止まってしまったので、恥ずかしさは先程とは比べ物になりません。

それでも、やはりセンパイの慌てる顔が見たいのです。

「いや……今日ばかりはハグもしない方が……」

「なんでですか～？　いつもやってるじゃないですか～??」

「正直なところ……今日の君の格好は……刺激が強い」

センパイはそう言いながら目を逸《そ》らします。

――そう、問題はここなのです。

センパイはさっき、こう宣言していました。私のことをそういう目――えっちな目で見ることは絶対にない、と。

だけど――それは違うんです。

「センパイのことですから……私のことをそういう目で見ないように頑張ってるのは、私が嫌がると思ってるからなんですよね？」

「そうだ。夢でも現実でも、決して邪《よこしま》な気持ちで君を見ないように――」

「そんなの嫌です」

「……っ⁉」

私は再び距離を詰め、センパイの膝の上に跨《また》がりました。

完全に固まっているセンパイに、少し上からセンパイの目を覗《のぞ》き込みます。

「嬉《うれ》しいときも、悲しいときも、楽しいときも、辛《つら》いときも、えっちな気分のときも……センパイには、ずっと私のことだけを考えていてほしいです。そう願うのはおかしいですか？」

「…………」

「だってそうじゃないと……不公平じゃないですか」

私はそう言って、センパイを抱きしめました。顔がすれ違い、胸と胸が密着します。

布は少しばかり薄くて小さいですが、こんなハグなら昨日にもしたばかりです。だから何の問題もありません……よね？

「心臓、すっごくバクバクしてますよ？」

「……仕方ないだろう」

「ふふふ。これでもう、忘れられませんね？」

センパイも体を震わせながら、私を抱きしめ返します。ほとんど布がない背中のどこに手を置けばいいか、戸惑っているのが伝わってきました。

たぶん今、私の心臓も信じられないくらいバクバクしています。

今までのハグが子供だましに思えるほど、お互いに高まっていて、体が熱くて、我慢のギリギリ。そんなハグです。

「両親はあと二週間いないんで、しばらくはこういう服です。センパイなら、ちゃんと我慢できますよね？」

「……善処する」

「夢ではもちろん、現実でも……えっちな気分になったときは、私のことだけを考えてください。浮気《うわき》なんて絶対ダメですよ？」

「……わかった」

絞り出すように答えるセンパイの、真っ赤になった可愛《かわい》い耳を見ながら、私は微笑《ほほえ》みます。

このままキスできたなら、どれだけ幸せなことでしょう。

それはまだお預けですけれど……そう遠くない未来に実現すると、そう確信できます。

――今までで一番のセンパイの温《ぬく》もりを感じながら、私の意識は薄れていきました。

＊

「――羯諦《かってぃ》羯諦《かってぃ》波羅《なみら》羯諦《かってぃ》菩提《ぼだい》薩婆訶《そわか》般若心経《はんにゃしんぎょう》」

「お兄ちゃん、出家するの？」

「……陽葵《ひまり》か」

土曜日の昼下がり。

ベッドの上に正座して般若心経《はんにゃしんぎょう》を唱えていると、陽葵《ひまり》が呆《あき》れ顔《がお》でリビングから顔を出した。

「また変なこと考えてるんだろうけど、千春《ちはる》ちゃんを傷つけちゃダメだからね。じゃ、私もう行くから！」

「ああ、気を付けて」

今日は友だちと遊ぶ予定があり、夜まで帰ってこないとか。週末のたびにしみじみ思うが、俺に似ず多くの友達に恵まれているのは素晴らしいことだ。

やがて陽葵《ひまり》は家を出て、バタンと扉の閉まる音がした。家には俺一人だ。

それから俺は大きく息を吐き、自分を戒めるようにつぶやく。

「……本当に危なかった」

なぜ般若心経《はんにゃしんぎょう》を唱え、煩悩《ぼんのう》を滅却しようとしていたのか。言うまでもなく、昨日の夢を受けてのことである。

――夢の中で花咲《はなさき》は、この上なく扇情的な格好で現れた。しかしそれは、俺に見せるための服ではない。俺はそうわかっていたし、その姿を見ないように努めた。

だが花咲《はなさき》は何かが吹っ切れたのか……俺に迫ってきた。そう表現しても差し支えないだろう。透き通るような肌。女性らしさに富み、衣装によって扇情的に飾り立てられた肉体。そして……物欲しそうに縋《すが》ってくる花咲《はなさき》の表情。

そのすべてが蠱惑《こわく》的で、俺は劣情に突き動かされそうになった。だが、ギリギリのところで耐え忍んだのだ。

俺は自分のことを、理性が強い方の人間だと認識している。だが、夢の中ではいとも簡単に決壊しそうになる。初めて御守《おまも》りを手にした日から、この夢はずっとそういうものだった。

――そしてそれは、花咲《はなさき》も同じだ。

夢で花咲《はなさき》は、自らの身体《からだ》を惜しみなくさらけ出し、大胆に迫ってきた。

それから一度落ち着いた後も、花咲《はなさき》は俺に抱きつき……「えっちな気分のときも私のことを考えていてほしい」とさえ言ってきた。

だがあれらもすべて理性を失った状態での言動であり、真に受けるべきではない。

なのに――花咲《はなさき》の官能的な姿が、甘ったるい声が、一向に頭から離れない。

「……このままでは、花咲《はなさき》を傷つけてしまう」

あんな格好があと二週間続くと花咲《はなさき》は言っていた。現実でも花咲《はなさき》の姿が頭から離れない有り様で、果たして昨日のように自制し続けられるだろうか。

陽葵《ひまり》に言われるまでもない。花咲《はなさき》を傷つけることだけは、絶対にしてはならない。

そのためには、般若心経《はんにゃしんぎょう》をあと三周ほど……などと考えていた、その時。

——ピーンポーン。

家のインターホンが鳴った。

俺はすぐに立ち上がり、リビングの機器で通話ボタンを押し、「はい」と答える。

それからモニターに映った人物を見て——目を見開いた。

「あら慧吾《けいご》？　久しぶりね〜」

「……母さん？」

そこにいたのは——かつて俺たちと一緒に暮らしていた、母親だった。

第三章 過去の鎖とお泊まりデート Chapter3

もともと俺たちは、家族四人で暮らしていた。俺と陽葵《ひまり》、そして父さんと母さん。

しかし、俺たちが小学生の頃、仕事の都合で父さんが単身赴任することになった。

それからは三人で暮らし、正月や盆休みなど節目の長期休暇には四人で集まる、そんな生活が続き……ある時突然、両親は離婚した。

俺はその理由を聞いていない。

今思えば、俺はともかく陽葵《ひまり》の親権も父さんの方に移ったのだから、何か母さんに後ろめたいことがあったのかもしれない。

だが、父さんが話そうとしないなら、詮索するのも違うだろう。幼心に俺はそう考えていた。

父さんと母さんが離婚したのは、俺がまだ中学生になったばかりの時。こうして会うのはそれ以来である。

「母さんは座ってて。お茶でいい？」

「あら、慧吾《けいご》が淹《い》れてくれるの？　気が利《き》くじゃない」

リビングの椅子に座る母さんはニコニコと、懐《なつ》かしそうに部屋を見回している。

その姿は少しばかり年を取ったように見えるが、雰囲気はあまり変わらない。

「急だったからびっくりしたよ。どうしたの？」

「別に用事があったわけじゃないわ。たまたま近くを通りかかったから、陽葵《ひまり》ちゃんの顔でも見ようかなと思って。でも今はいないのかしら？」

「ちょうどさっき友達と遊びに行ったよ。夜まで帰ってこないって」

「あら残念、せっかく会いに来たのに」

俺はお茶を置きながら椅子に座る。母さんはガッカリとした表情を隠そうともしなかった。

聞くところによれば、陽葵《ひまり》と母さんは数ヶ月に一度会っているらしい。面会交流と言って、離婚後の親が持つ権利なのだとか。

かといって、俺がそうした場に呼ばれることはなかった。母さんは陽葵《ひまり》のことは好きだが、俺にはあまり興味がない。

驚くようなことではない。容姿にしろ性格にしろ、陽葵《ひまり》が俺より人に好かれやすいのは明白だ。学校でも家庭でもそれは変わらない。

「あんたしかいないなんて寂しいわ。何時頃に帰るか陽葵《ひまり》ちゃんに聞いてみてくれない？」

「ああ、わかった」

不機嫌そうな声で母さんにそう言われ、俺はスマホを取り出す。陽葵《ひまり》に『今日は何時頃に帰る？』とLINEを送ると、すぐに既読がついた。

『いつも通り、晩御飯の時間までには帰る～　でもなんで？』

『今母さんが家に来て、陽葵《ひまり》に会いたがっている』

そう送ると、今度は返信が来るまでに少し間が空いた。

『すぐ帰る』

俺は『友達はいいのか?』と送ったが、既読はつかなかった。

スマホを横に置き、俺は顔を上げる。

「母さんが来てるって言ったら、すぐに帰るって」

「あらあら! 陽葵《ひまり》ちゃんも私に会いたかったのかしら〜」

母さんは一転して上機嫌に声を弾ませた。母さんはニコニコした表情はあまり変わらないが、声に機嫌がよく出る。

今日は遠出せず近場で遊ぶと聞いているので、帰ってくるまでそう時間はかからないだろう。

俺としても助かった。

「それじゃあ陽葵《ひまり》ちゃんが帰ってくるまで待つわね。でもまあ、こんな機会じゃないとあんたと話すこともないし……最近どう? 何か変わった?」

母さんは本当についでといった様子でそう言った。俺は口を開こうとして、動きが止まる。

——何を話すべきか迷った。

母さんがいた頃の俺は、何も良《い》いところがない存在だったように思う。

今と変わらず無愛想で無表情で、暗く、堅苦しく、そのくせ図体《ずうたい》ばかり大きく、学校でも同級生たちから避けられていた。人に囲まれる陽葵《ひまり》とは似ても似つかないと、母さんにも常々呆《あき》れられたものである。

だがあれから三年以上経《た》った。俺だって、あの頃よりも少しは成長したはずだ。

「昔と変わったこともいろいろあるよ。高校では生徒会長もやってて――」

「え？　あんたなんかが？」

「……っ」

俺の言葉を遮った母さんは――信じられないものを見るように、目をパチクリとさせていた。

「……陽葵《ひまり》から聞いてなかった？」

「あんたの話なんてしないもの。でも、同じ高校に入ったのは知ってるわよ」

「それを言うなら、陽葵《ひまり》も同じ生徒会に入ってるよ」

「あ、それは知ってるわ。もしかしたらあんたのことも聞いてたのかもね。にしてもあんたが生徒会長って……」

母さんは呆《あき》れたように言うと――氷のように冷たい目で俺を見た。

「どうせみんなから嫌われてるんでしょ？」

「――っ」

何も答えられないまま、母さんは話を続ける。

「ただでさえ体が大きかったのに、もっと大きくなっちゃって。で、顔が怖いのも相変わらずでしょ？　特に女の子から見たら、あんたってすごく怖いのよ？」

「…………」

「無愛想なのもそうだし、融通も利《き》かないし……それがあんただもの。生徒会長になったところで変わらないんでしょ？」

「それは……変わってないかな」

「ほらやっぱり。まあでも、生徒会長なんていてもいなくても変わらないし、別に人望なんて要らないのかしら」

――すべて、母さんの言う通りだった。

母さんは俺のことをよく理解している。生まれてからずっと一緒に暮らしてきたのだから当然だ。

たった数年程度で、人間の本質が変わるわけがない。

逆に俺はなぜ、少しは成長してるはず、などと思ったのだろうか。

「ま、あんたがどれだけ嫌われようがどうでもいいんだけど」

母さんは本当に興味もなさそうにそう言ってから――厳しい目で俺を見た。

「陽葵《ひまり》ちゃんに迷惑かけてないでしょうね？」

「…………」

母さんは、陽葵《ひまり》のことになると目の色を変える。

「同じ生徒会なんでしょ？　あんたの評判が悪くなったら、陽葵《ひまり》ちゃんにも移っちゃうかもしれないのよ。わかってる？」

「……大丈夫、だと思う。陽葵《ひまり》は俺と違って、いつも友達に囲まれてるから」

「ならいいけど」

ニコニコとした笑みを浮かべながら、目だけは笑っていない。

「他の生徒会の人は大丈夫なの？　あんたと一緒にいて嫌な思いさせてない？　一緒に嫌われるようなことはしちゃダメよ？」

「………………」

真っ先に浮かんだのは花咲《はなさき》だ。

花咲《はなさき》は生徒会にいる時間を楽しいと言ってくれている。その言葉に嘘《うそ》はないと思う。

だが、それがいつまでも続くとは限らない。

そして何より……俺と一緒にいて、いつも俺を庇《かば》うような立場をとっていることで、花咲《はなさき》が悪く言われている可能性もある。

俺は今まで、その可能性を軽視していたかもしれない。花咲《はなさき》の人望に甘えていた。

「心当たりがあるって顔ね。あなたのためを思って言ってるのよ？」

「……気をつける」

俺がうつむきながらそう答えた、その時。

──扉がバーンと勢いよく開く音がした。

母さんはぱあっと顔を輝かせてすぐに立ち上がり、ドアを開けて玄関に向かう。

もちろんそこにいたのは陽葵《ひまり》だ。少し息を切らしているように見えた。

「……ただいま」

「陽葵《ひまり》ちゃん久しぶり～！　会いたかったわ～～」

靴を脱いだばかりの陽葵《ひまり》に母さんが抱きつく。俺はそれをリビングから見ていた。

「……お母さん、なんでいるの？」

「たまたま近くを通ったのよ。せっかくだし陽葵《ひまり》ちゃんに会おうと思ったら、慧吾《けいご》しかいないじゃない？　お母さんもう寂しくて寂しくて」

母さんの肩越しに、なんとか顔を出すようにして、陽葵《ひまり》は俺を見た。

すると陽葵《ひまり》は、一瞬息を呑《の》んだ後、何か思い詰めたような表情を浮かべた。

「せっかく家まで来たんだもの、今夜は好きなものを作ってあげるわよ～。ハンバーグがいい？　それともカレー？」

「えっと……今日は外食の気分かも。お話もカフェでしょ？」

「あらそう？　じゃあそうしましょ。このあたりのご飯屋さんは変わってない？」

「いろいろ新しくできたよ。とりあえず外出てから決めよ？」

陽葵《ひまり》は強引に母さんを外に引っ張っていった。そうしてドアが閉まる。

……二人が家を出てから、俺はしばらく立ち尽くしていた。

母さんの言葉が頭の中で何度もリピートする。昔から俺を知っている母さんだからこそ、その言葉は重く、そしてきっと正しい。

俺は部屋に帰り、机の上の青い御守《おまも》りを手に取った。それから玄関まで行き、御守《おまも》りを靴箱の奥底にしまう。ここまで御守《おまも》りを寝室から離せば、あの夢は見ない。

少なくとも、花咲《はなさき》夫婦が帰ってくるまでの二週間はこうしていよう。万が一にも花咲《はなさき》を傷つけてしまわないように。

——夢で見た花咲《はなさき》の姿は、いつの間にか思い出せなくなっていた。

＊

週末が明け、月曜日の朝。

俺がいつも通り校門横で挨拶活動をしていると、珍しい人物が声をかけてきた。

「ちょっといいですか？」

そこにいたのは——三つ編みメガネの一年生、野口《のぐち》だった。

彼女は花咲《はなさき》や陽葵《ひまり》と同じクラスの女子だ。花咲《はなさき》の両親、花咲《はなさき》夫婦の大ファンであり、花咲《はなさき》のことを強く慕っている。

また、思い込みが激しい性格でもあり、彼女の暴走が原因で、一度は花咲《はなさき》が生徒会を辞めそうになったこともある。俺が生徒会長の権力を利用して花咲《はなさき》を弄んでいる……と思っていたのだとか。

ただ、その誤解はもう解けたと花咲《はなさき》から聞いていた。

「何か俺に用か？」

「ひっ……はい、そうです。先輩に言いたいことがありまして」

俺の人相の悪さのせいか、野口《のぐち》は一瞬気圧《けお》されたように見えた。だがすぐに立て直し、人の通りから外れる方に俺を手招きする。

一年生の女子からすれば、俺には声をかけるのも勇気が要るはず。それでも言いたいことがあるとは、並々ならぬ決意が感じられた。

「ご存じですか？　オーディションまであと二週間、すなわち千春《ちはる》様の輝かしいデビューが近づいています」

「ああ、花咲《はなさき》から聞いている。喜ばしいことだ」

「……チッ、やっぱり知っていましたか」

なぜか小さく舌打ちされたような気もするが、やはり話題は花咲《はなさき》のことだった。

夏休みの初めに花咲《はなさき》がオーディションを受けることは前から聞いていた。最近は生徒会室でも演技の練習をしていたり、花咲《はなさき》も準備に励んでいる。

「まあいいでしょう。千春《ちはる》様の実力を考えれば、オーディション合格は確実です。そしてデビューが決まった暁には、学校にはメディアが押し寄せることでしょう」

「……そういうものだろうか？」

「間違いありません。なんと言っても香純《かすみ》様と大介《だいすけ》様の娘であり、後継者なのですから。そして千春《ちはる》様の生活が報道されるわけですが……」

野口《のぐち》は腕組みをしながら俺を見上げる。

「千春《ちはる》様は先輩を認めているようですが、私はまだ、千春《ちはる》様と先輩が一緒にいることに納得していません」

「……はあ」

誤解を解く過程は花咲《はなさき》から詳しく聞いていないが、一悶着《ひともんちゃく》あったのだろう。

野口《のぐち》は俺に言い聞かせるように話を続ける。

「考えてもみてください。メディアはきっと、千春《ちはる》様が演劇部ではなく生徒会に入ったことに注目するでしょう。すると先輩は、千春《ちはる》様と最も長く同じ時間を過ごす男性になるんです。わかりますか？」

「まあ……そうかもしれないな」

「千春《ちはる》様はお優しいので、先輩のような人にも……いえ、先輩がそんなだからこそ、手を差し伸べてくれます。ですが周囲の目は違います。なぜ千春《ちはる》様がこんな人と一緒にいるのか、と思われれば、千春《ちはる》様のイメージダウンになりかねません」

「……なるほど」

メディアがどうこうという野口《のぐち》の話自体は空想の域を出ないように思う。だが、その内容は無視できなかった。

人気者で優秀な花咲《はなさき》と、嫌われ者で融通の利《き》かない俺。

俺だけではうまく回らない生徒会を花咲《はなさき》がサポートしてくれている……それが大方の生徒の見方だし、事実でもある。

多くの生徒はこれを好意的に捉え、花咲《はなさき》の善性を表すような方向に働いているように思える。だが野口《のぐち》のように、俺なんかと一緒にいる、という見方をする生徒も大勢いるのだろう。

まさしく——母さんに指摘されたばかりのことだった。

「だから先輩はせめて、千春《ちはる》様に迷惑をかけないよう、恥ずかしくないような人になってください。問題が起きるような行動なんてもってのほかですよ！」

「……君の言う通りだな。善処する」

「……意外と素直なんですね、安心しました。言いたいことはこれだけです。それでは」

そうして野口《のぐち》は早足に去っていった。それを見送りながら思う。

——いくら花咲《はなさき》が俺のことを認めてくれたとしても、俺が他の人たちに嫌われているのは揺るぎない事実だ。

万が一、俺たちが交際関係などと周囲に思われてしまえば……どうなることかわからない。

「おはようございます、先輩」

「……花咲《はなさき》か」

噂《うわさ》をすれば影、現れたのは花咲《はなさき》だった。

花咲《はなさき》はなぜか心配そうに俺の顔を覗《のぞ》き込む。

「野口《のぐち》さんと一緒でしたよね。なんだかお顔が暗いですが、何の話をしてたんですか？」

「……ほんの世間話だ。君のオーディションが近づいていると聞いてな」

「ああ、そうでしたか。野口《のぐち》さんも応援してくれています」

「君も頑張っているんだ。俺も頑張らなければな」

そう言うと、花咲《はなさき》は俺の顔を見てパチパチと目を瞬《まばた》かせた。

それから周囲を注意深く見回し、俺にだけ聞こえるようにつぶやく。

「大丈夫ですか？　今日のセンパイ、なんだか出会った頃に戻っちゃった気がします」

「……君と出会ってから今まで、俺はそんなに変わったか？」

「全然違いますよ～。何かあったら相談してくださいね？」

花咲《はなさき》は冗談めかしながらそう言ってくれる。

しかし今は、花咲《はなさき》にとってオーディション前の大事な時間。余計なことは考えてほしくない。

「そうさせてもらう。が、今は挨拶活動の時間だ」

「はい、今日も頑張ってください」

そうして花咲《はなさき》は校舎の方へと歩いていった。俺は校門横の定位置に戻る。

花咲《はなさき》のために何ができるのか、俺は考えるのだった。

＊

「全国優勝経験者の俺に言わせてもらうなら……千春《ちはる》ちゃんの演技は、ちょっと硬い。あとはもうそれだけだな」

「なるほど……」

そうして夢を見ないまま、一週間ほどが経過したある日。

その日の生徒会には、俺・花咲《はなさき》・陽葵《ひまり》といういつもの三人に加え、寺西《てらにし》を招いていた。

寺西《てらにし》は俺と同じ二年生であり、演劇部の部長だ。うちの高校の演劇部は名門で、去年も全国優勝を成し遂げた。

もともと花咲《はなさき》も、演劇部に入るためにこの学校を選んだという。結果的に花咲《はなさき》は生徒会に入ったわけだが、二人の間には面識があった。

そして今は寺西《てらにし》に、オーディションの課題である花咲《はなさき》の演技を見てもらっていたところだ。

「いやいや、落ち込まないで。それ以外は完璧なんだって。声のキレとか感情の滲《にじ》ませ方なんて、かすみんそっくり。さすがに近くで見てきただけあるわ～」

「ありがとうございます」

「そーそ。あとはちょっとの不自然さだけ。やっぱ緊張なのかね～？」

「緊張、ですか……」

花咲《はなさき》はうつむきながら寺西《てらにし》の言葉を反芻《はんすう》する。

「慣れだよ慣れ。偉そうなこと言うけど、俺だって一年生の最初は全然だったから。初めてのオーディションなんだし、自信持って、むしろ開き直るくらいでいけばいいと思うぜ」

問題点を的確に指摘しながらも、寺西《てらにし》は花咲《はなさき》を明るく励ます。

それから寺西《てらにし》は腕時計を見た。

「って言っているうちにこんな時間か。そろそろ部に戻らないとな」

「ああ、忙しい中ありがとう」

「千春《ちはる》ちゃんのためならいいってことよ！　ま、俺たちの連覇も大事だけど」

寺西《てらにし》は俺が呼んだ。花咲《はなさき》のためになることと言えば、俺にできるのはこれくらいだ。

「にしても、もうオーディションか～。そりゃあ学校の演劇部なんか入れねぇよな～」

「……すみません」

「いーのいーの。あ、妹ちゃんはいつでも大歓迎だから！　全国優勝経験者の俺に言わせてもらうなら……君、絶対才能あるよ！」

「え、ホントですか！　えへへ～、生徒会辞めて入っちゃおうかな～」

「君は部員集めのとき、一年生の女子には誰彼構わずそう声をかけていたな」

「あ、バレた？　じゃあ千春《ちはる》ちゃん頑張って！」

寺西《てらにし》はそう言い残し、逃げるように部屋を出ていった。

花咲《はなさき》はそれを見送った後、表情を崩し、苦笑いを浮かべる。

「演技が硬いと言われてしまいました」

「さすがは全国優勝の部長、手厳しいね～。でもでも、いっぱい褒められてたよ！」

「だが、寺西《てらにし》の言う通りだと思った。俺と陽葵《ひまり》の前で演じるときよりも硬くなっているように見えたな」

「そうですか……お二人の前だと緊張しないのかもしれません」

「えへへ、嬉《うれ》しいこと言ってくれるね～……じゃなくて、そんなこと言ってる場合じゃないよ！　もうオーディションまであと一週間だよ！」

陽葵《ひまり》は興奮するように机をバンバンと叩《たた》く。

一学期も終わりに近づき、来週の月曜にはもう終業式で、それが終わればもう夏休み。オーディションも迫ってきた。

少し不安げにしている花咲《はなさき》をチラリと見ながら――陽葵《ひまり》はニヤリと笑みを浮かべた。

「ふっふっふ。こうなったら、最終手段に出るしかないみたいだね？」

「最終手段？」

「ね、千春《ちはる》ちゃん？」

そう陽葵《ひまり》に確認され、なぜか花咲《はなさき》は目を泳がせる。

だが、意を決するように俺の方を向いた。

「ええと……実は今、両親がロケで家を空けていて、私一人なんです」

「ああ」

それは知っている。夢の中で聞いたことだ。

「この土日は養成所でオーディションに向けての練習があります。そこまでにもちゃんと追い込みたいので……金曜日、学校帰りに家に来てくださいませんか？」

「家に？」

「はい。もう生徒会の活動もないですし、家に一人だとサボってしまいそうなので。お二人の目がある中で練習したいんです」

学期の終わりが近づき、ほとんどの部活はもう休み。金曜日からは放課後に生徒会室の鍵を開けることもなくなる。この場所で練習を見ることはできなくなるが……。

「それほど俺たちは役に立っているのか？」

「もちろんです。緊張が、という話も先ほどありましたし、人の目があったほうがいいので」

花咲《はなさき》はじっと俺の目を見て言う。確かにその通りかもしれない。

俺には特に予定もないし、そう言われれば断る理由もなかった。

「わかった、君の役に立てるのなら」

「よーし決まり！　花咲邸《はなさきてい》、一泊二日ツアー開催だね！」

「……一泊？」

「そうだよ！　ね～？」

花咲《はなさき》は少し目を泳がせながら頷《うなず》く。

「みっちりやりたいですから。土曜日は昼からレッスンなので、その時までですが」

「……いいのか？　仮にも芸能人の自宅だろう」

「大丈夫です。両親の許可はとっています」

花咲《はなさき》の両親、花咲《はなさき》夫婦の顔が浮かんだ。

香純《かすみ》さんは反対しそうだが、大介《だいすけ》さんがうまく説得してくれたのだろうか。

「私たち、かすみんと大ちゃんのベッドで寝ていいんだよね？」

「はい、そう聞いています」

「一生の自慢になるよこれは！　どんなベッドなのか楽しみ～～～」

「普通のベッドですよ？」

陽葵《ひまり》は頬に両手を当て、目を輝かせている。

「主目的はあくまで、花咲《はなさき》の練習に付き合うことだよな？」

「……もちろんわかってるよ？　お泊まり会だとは思ってないよ？」

「ふふふ、気楽に考えてくださって大丈夫ですよ」

「やったー！」

そうして、お泊まり会の開催が決まった。

陽葵《ひまり》は、花咲《はなさき》に向けてグッとサムズアップを送っていた。

＊

あっという間に金曜日がやってきた。俺と陽葵《ひまり》は服などを別のカバンに詰めて登校した。

学校が終わったら三人で校門を出て、電車と徒歩で一時間ほど。

「ここが私のお家《うち》です」

花咲《はなさき》は一軒の家の前で立ち止まり、そう言った。

俺はここに一度来たことがある。体調を崩したという花咲《はなさき》のお見舞いにやってきたのだが、香純《かすみ》さんに御守《おまも》りとともに追い返されたのは記憶に新しい。

陽葵《ひまり》は建物を見上げながら言う。

「千春《ちはる》ちゃんは派手な家じゃないって言ってたけど……やっぱり大きいよね？」

「そうでしょうか。周りと同じくらいだと思いますけど」

「いやいや、このあたり一帯全部大きいよ！」

そう言われて俺は周りを見回してみるが、ピンとこない。毎日学校と家の往復で、その間には一軒家が少ないのだ。

そんな俺を、陽葵《ひまり》はジトッとした目で見つめる。

「私はね、友達の家とかよく行くんだよ。お兄ちゃんと違ってね」

「ああ、たまに泊まってもいるな」

「つまり、標準的な一軒家の大きさを知ってるってこと。で、パッと見でもこの家は三倍くらいあるよ。豪邸だよ」

「いえいえ、プールやサウナなどもないですし、それほどでは。両親と深い付き合いのある方の中には、もっと大きな家に住んでいる人もいますから」

「「…………」」

苦笑いする花咲《はなさき》を前に、俺と陽葵《ひまり》は顔を見合わせた。

生きている世界が違う、その事実を久々に実感した。

「でも、学校の人を招くのは初めてです」

「私たちが初めてだって！　これは心してかからないとだね～」

「ふふふ、かしこまらなくても大丈夫ですよ」

そんなことを言い合いながら、花咲《はなさき》はドアの鍵を開けた。

「どうぞお入りください」

「「お邪魔します」」

花咲《はなさき》に続き、俺たちは玄関に足を踏み入れた。

靴を脱ぎ、案内されるままリビングに向かう。そこに入った瞬間、陽葵《ひまり》は大きな声を出した。

「広～い！　明るい！　テレビが大《お》っきい！」

開放感あふれる、という決まり文句がピタリと当てはまるリビングだ。

窓から光が入り込み、照明をつけなくても十分な明るさがある。テーブル、ソファー、チェアといった家具には、それぞれ素人目《しろうとめ》ながらも高級感がある。

「それでは、そこのソファーに荷物を置いていただいて――」

「さっそく花咲《はなさき》邸ツアー開始、だよね！」

「……ふふふ、仕方がありませんね」

「やったー！」

陽葵《ひまり》の勢いに押され、花咲《はなさき》は折れる。とはいえその様子は、まんざらでもないように感じた。

「それでは案内しますね、ついてきてください」

「は～い！」

促されるまま、俺たちは花咲《はなさき》に続いた。

「これが……お風呂《ふろ》？」

「特別広めに作ったと聞いています。毎日の疲れを癒やす場所だから、と」

俺たちがまず訪れたのは風呂《ふろ》場だ。花咲《はなさき》は淡々と言うが、広いどころの話ではない。

浴室でありながら、軽くうちのリビングくらいの大きさがあった。奥には丸くて大きな浴槽、
一面ガラス張りの窓からは庭の木々が見える。

「まん丸なお風呂《ふろ》ってテレビでしか見たことないかも……もしかしてジャグジーもある？」

「はい、ありますよ。私が小さい頃は両親と三人で入っていました」

「確かにこの広さなら十分だね～。夜が楽しみ～～！」


「これが千春《ちはる》ちゃんの部屋かー。こっちは狭くて……じゃなくて、親近感あっていいね」

「陽葵《ひまり》、失礼だぞ」

「夜に過ごすための寝室ですね。勉強などは他の部屋でしますし」

続いて階段を上がり、二階へ。入ったのは花咲《はなさき》の部屋だ。おそらく八畳ほどで、陽葵《ひまり》の言う通り、この部屋だけは親近感がある。

もちろん掃除したのだろうが、部屋は整然としていた。ベッドがあり、クローゼットがあり、ストレッチ用のマットが置いてある。

ベッドの後ろの棚では、可愛《かわい》らしいくまのぬいぐるみがこちらを見ていた。

「学校の人に自分の部屋を見られるのって、なんだか恥ずかしいですね」

「どこに出しても恥ずかしくない部屋だと思うけどな〜」


「こっちはかすみんと大ちゃんの寝室……ベッドが大きい！」

「キングサイズよりも大きいそうですよ。お二人には今夜、ここで寝てもらいますね」

「二人でも十分すぎるね〜」

花咲《はなさき》の部屋の隣が、花咲《はなさき》夫婦の寝室だ。

見るからに大きなベッドがあり、周りに観葉植物や棚、小さなテーブルが配置されている。

「昔は家族三人で寝ていました。私が生まれることを見越してこのサイズを買ったそうです」

「ふむふむ」

花咲《はなさき》の話を聞いて、陽葵《ひまり》は真剣な顔でベッドを見つめる。

「私たちは今夜ここで寝るわけだけど……このベッドで寝れる権利を売ったらすっごく儲《もう》かりそうだよね」

「陽葵《ひまり》」

「なんでもな〜い」

「ふふふ、次へ行きましょう」

「これは……シアタールーム⁉」

「はい。映像作品の研究には必須とのことです」

「ほとんど映画館だよこれ」

二階の中でも最も広い面積を占めるのが、このシアタールームだ。

大きなスクリーンが壁一面にかかり、二台のスピーカーが左右に立っている。

「千春《ちはる》ちゃんがデビューしたら、ここで鑑賞会しよ！」

「……それはちょっと恥ずかしいかもですね」


「案内できるような部屋としては、ここが最後ですね」

「部屋っていうか……レッスン場だよね？」

「そもそも当たり前のように地下があるのがすごいな」

最後に案内されたのは、なんと地下。階段を下りると、広々としたスペースが広がっていた。

床は木の板で、全面が鏡張りの壁もある。演技の練習に使うようだが……。

「地下はガレージ以外全部この部屋？　さすがに広すぎない？」

「両親が、後輩の役者さんを呼んで練習を見たりもしているので。他にはパーティー会場みたいに使うこともありますよ」

「……すごいな～」

最後には、陽葵《ひまり》はそれしか言えなくなってしまった。圧倒されたのは俺も同じだ。

「そういうわけで、ツアー終了です。いかがでしたか？」

「すっごく楽しかったよ！　さすが花咲《はなさき》夫婦って感じ！　お兄ちゃんもだよね？」

「ああ。こんな家は初めてで、新鮮だったな」

「それは良かったです♪」

花咲《はなさき》はそう言って頬を緩める。

だが次の瞬間には――花咲《はなさき》は遠い目で、小さく拳を握っていた。

「私も、両親の名に恥じないくらいの女優にならないといけませんね」

花咲《はなさき》が生きてきた世界が垣間見《かいまみ》えた今だからこそ、その言葉にはいつも以上の重みを感じた。

陽葵《ひまり》は明るく声を出す。

「そのためにも、まずはオーディションだよね！」

「はい。練習へのお付き合い、よろしくお願いしますね」

「任せて！　陽葵《ひまり》先生の指導は厳しいよ～～？」

「ふふふ、これは大変そうです」

いつもここで練習していたのだろう。花咲《はなさき》は傍《かたわ》らにおいてあった台本を手に取り、俺たちに渡す。

その頃にはもう、花咲《はなさき》の顔から普段の笑みは消え、女優の顔になっていた。

——そうして俺たちは、夜までみっちり花咲《はなさき》の練習に付き合った。

＊

センパイと陽葵《ひまり》ちゃんに練習を見てもらう時間はあっという間に過ぎ、すっかり夜になりました。

みんなで近くのレストランでご飯を食べ、家に帰ってソファーでリラックスし、他愛もない会話を交わし、そして……。

——陽葵《ひまり》ちゃんの発案で、私と陽葵《ひまり》ちゃんは一緒にお風呂《ふろ》に入ることになりました。

「お風呂《ふろ》だ～！」

キラキラした目で浴室に足を踏み入れながら、陽葵《ひまり》ちゃんは叫びました。

一目散に浴槽へと駆け寄り、中を覗《のぞ》き込みます。

「ジャグジーって人生で初めて！　すっごい楽しみ～」

「それは何よりなのですが……なんで一緒に入るんですか」

「いいじゃんいいじゃん、こんなに広いんだ……し……」

陽葵《ひまり》ちゃんは私の方に体を向けると、徐々に言葉を失っていきました。

顔からもゆっくりと笑みが消え、真顔になっていきます。

「どうしましたか？」

「……いや、その……色々すごいなって」

陽葵《ひまり》ちゃんは私の体をまじまじと見つめていました。お風呂《ふろ》ですから、当然ながら私も陽葵《ひまり》ちゃんも裸で向き合っています。

手で隠すのも変なので隠しませんが、特に陽葵《ひまり》ちゃんが見ていたのは——私の胸です。

「体育の着替えの時も見てたしわかってたけど……やっぱり良《い》い体してるね～」

「なんだか今の陽葵《ひまり》さん、おじさんっぽいですよ」

「千春《ちはる》ちゃんのスタイルが良すぎるの！　私はこんなんなのにな～、同い年なのにな～」

陽葵《ひまり》ちゃんは頬を膨らませながら、自分の胸をペチペチと叩《たた》きます。

決して陽葵《ひまり》ちゃんも小さくはないと思うのですが、今それを言ってもただの嫌味になってしまうでしょう。私は苦笑いを浮かべるしかありません。

「まずは体を洗いましょう」

「は～い」

私はそう言い、椅子に座ってシャワーのお湯を出しました。陽葵《ひまり》ちゃんも「シャワーも二つあるなんて、ほぼ温泉じゃん」などと言いながら私の隣に並びます。

「千春《ちはる》ちゃんってスタイルもそうだけど、髪も綺麗《きれい》だよね～。こんなに長いのにサラサラだし。

やっぱりシャンプーがいいのかな？」

「どうでしょうか。お母さんに任せているので、あまり詳しくありません」

「かすみん直々に見てもらってるんだ～いいな～」

他愛ない会話を交わしながら、一緒に頭を洗います。

そして次に体を洗い始めたところで、陽葵《ひまり》ちゃんが動きました。

「お背中流しますね～」

「あ、ちょっと」

陽葵《ひまり》ちゃんは椅子を移動させ、私の後ろにやってきました。

私の手から泡だてネットを奪い、手に泡を付けて私の背中を優しく撫《な》でるように洗います。

「ずっと練習で疲れたでしょ？　ここは私に任せて！」

「……わかりました、それではお言葉に甘えて――」

「と見せかけてえいっ！」

「きゃっ⁉」

いきなりのことに体が硬直します。

陽葵《ひまり》ちゃんは後ろから勢いよく抱きつくと――私の胸を両手に収めていました。

意外にも手つきは優しく、下から支えるように胸を持ちます。

「……陽葵《ひまり》さん？　怒りますよ？」

「ちょっと待って……柔らかい……そして重い……」

「待ちません！」

私はすぐに陽葵《ひまり》ちゃんの手を振り払います。

そうして振り向くと……陽葵《ひまり》ちゃんらしくない暗い表情でうつむいていました。

「柔らかいのは知ってたけど、おっぱいって重いんだね……私は知らなかったよ……」

「なんで陽葵《ひまり》さんがそんな顔してるんですか。被害者は私なんですけど」

「……ごめんなさい」

しょんぼりした陽葵《ひまり》ちゃんを見て、なぜか罪悪感が湧いてきます。

「……大丈夫ですよ、怒ってないですから」

「えへへ～、千春《ちはる》ちゃん好き～」

「ちょっとまたくっつかないでください。どさくさに紛れて揉《も》まないでください」

「は～い」

調子の良《い》いことを言いながら、陽葵《ひまり》ちゃんは私の隣に戻りました。

こういう甘え方の上手さは、いかにも妹という感じがします。

センパイにもこうして甘えてきたのでしょうか。そう思うと羨ましい……じゃなくて、陽葵《ひまり》ちゃんから学べることもまだまだ多そうですね。

それから私たちは並んで体を洗い、顔を洗いました。そして陽葵《ひまり》ちゃんお待ちかねのジャグジーのスイッチをオンにします。

円形の浴槽に、私たちは肩を並べて腰を落としました。

「さてと、それじゃあ始めようか——作戦会議！」

「……お願いします」

陽葵《ひまり》ちゃんの言葉に、私はコクリとうなずきます。

私たちが一緒にお風呂《ふろ》に入ったのは、まさしくこの作戦会議のため。私たちが二人きりになれる自然なシチュエーションです。

——今回のお泊まりは、私の練習を見てもらうためという建前になっていますが、本音は違います。これは陽葵《ひまり》ちゃんと立てた、センパイを落とすための作戦なのです。

陽葵《ひまり》ちゃんが一緒とはいえ、これはお泊まり。家族のように同じ時を過ごすことで、一気に距離が縮まること間違いなしです！

「だけどその前に、まずは千春《ちはる》ちゃんのお淑やかモードを解除しなくちゃね！」

「え？」

首を傾《かし》げる私を、陽葵《ひまり》ちゃんは何も言わずにじ——っと見つめます。

それはもう、ものすごい圧で。

「……わかるよね？」

「……はい」

その圧に負け、私はゆっくりとうなずきます。

それから陽葵《ひまり》ちゃんは指をパチンと鳴らし――私は叫びました。

「センパイとお泊まりですよお泊まり！　これはもう新婚生活のシミュレーションですよ‼　ゴールイン待ったなしですよ‼」

「うんうん、もはやこっちの千春《ちはる》ちゃんの方が落ち着くよ」

「って、何やらせるんですか‼」

私は水面をバシバシと叩《たた》いて抗議します。

ジャグジーで生まれた泡の上にお湯のしぶきが上がりました。

「今のは千春《ちはる》ちゃんもノリノリだったじゃん！」

「それは……陽葵《ひまり》さんがやれって言うから……」

「あそこまでやってとは言ってないよ～」

「うぅ」

私としたことが、陽葵《ひまり》ちゃんの圧に負けてしまいました。まあ今さら取り繕うことなんて何もないんですけど。

陽葵《ひまり》ちゃんは顔をこちらに向け、ニヤニヤと私の目を覗《のぞ》き込みます。

「千春《ちはる》ちゃんって私の前だけでは素を見せてくれるじゃん？」

「はい」

「で、お兄ちゃんの前でもそんな感じなわけでしょ？」

「ええ、まあ」

「じゃあ三人でいる時はずっとそっちのモードでよくない？」

「……それとこれとは違うんですぅ〜」

私はそっぽを向いて唇を尖《とが》らせます。

「陽葵《ひまり》さんの前とセンパイの前ではまた少し違いますから。しっかり演じ分けてるんです」

「役者だね〜。じゃあ、お兄ちゃんの前の千春《ちはる》ちゃんって、今と何が違うの？」

「それは……何が違うんでしょう？」

「わかってないんじゃん！」

そう言われてみると、すぐには違いが思い浮かびませんでした。

そんな私を見て、陽葵《ひまり》ちゃんは素朴な目で言います。

「じゃあさ、私のことをお兄ちゃんだと思ってみてよ」

「え？」

「お兄ちゃんと一緒のときの感じを今やってみて、ってこと。私から見たら違いがわかるかもしれないし……ってあれ、千春《ちはる》ちゃんどこ行くの？」

陽葵《ひまり》ちゃんは何やら言葉を続けますが、すでに耳には入っていませんでした。

もしも目の前にいる陽葵《ひまり》ちゃんが……センパイだとしたら？

そんな仮定を入力され、脳内センパイジェネレーターが出力を開始します――


「先輩、お湯加減はいかがですか？」

「花咲《はなさき》か。ありがとう、ちょうどいい感じだ」

「良かったです。それでは入りますね」

「……うん？」

私が浴室に入ると、湯船に浸《つ》かっているセンパイがこちらを向きました。

そして――瞬《また》く間《ま》に顔を赤くし、慌てて真下を向きます。

「ちょっと待て花咲《はなさき》、なぜ入ってくる!?」

「安心してください。ちゃんとタオルを巻いていますから」

「そういう問題じゃ……」

動揺するセンパイを見て楽しみながら、私は湯船に近づいていきます。私とは違う、男の子らしい胸板が鮮明に確認できました。

私はタオルを巻いたままかけ湯をし、タオルがピッタリと体に張り付きます。

広い浴槽の中に足を踏み入れ、そのままセンパイと向かい合う位置で腰を下ろしました。

「そもそも俺はタオルを巻いていないのだが……」

「ああ、安心してください。ジャグジーの泡もありますし、お湯の中は何にも見えません」

「……確かにそうだが」

「ですから、そんなに下ばかり向かなくても大丈夫ですよ。こっちを見てください」

センパイはゆっくりと顔を上げ、ようやく目が合いました。

しっかりとセンパイの様子を確認し、私は——満を持して、小悪魔モードに切り替えます。

「センパ～イ？　お顔が真っ赤ですよ～⁇」

「——っ」

私はニヤニヤと笑みを浮かべながらセンパイの目を覗《のぞ》き込みます。

余裕のない表情のまま、センパイは目を逸《そ》らしました。

「……君は俺をからかっているつもりだろうが、限度というものがあるぞ」

「え～？　じゃあ、その限度を超えたらどうなるんですか～？」

「……出ていってくれないか。これでは俺が湯船を出られない」

「確かにそれは不公平ですね。じゃあ、これでどうですか？」

「……なっ⁉」

そう言って私は——身に纏《まと》っていたタオルをお湯の中でほどき、後ろに放り投げました。

お湯を吸ったタオルは、浴槽の外にポトリと落ちます。

泡に隠れて見えませんが、まさしく一糸まとわぬ姿。これでセンパイと同じです。

「君、何を——⁉」

「これでもう私も湯船を出られませんね。さあ、どうしますか？」

私はセンパイの目をじっと見たまま、そのままセンパイに近づきます。

頬を真っ赤に染めたセンパイが硬直して動かないことを良《い》いことに――胸と胸がピタリとくっつくまで密着し、首に腕を回し、私はセンパイの耳元で囁《ささや》くのです。

「限度を超えちゃっても、いいんですよ――」


「いいわけないでしょ！　っていうか妄想に入ってとは言ってないよ！」

「……はっ！」

気づけば私は、センパイ――ではなく陽葵《ひまり》ちゃんに密着していました。妄想通り胸をピッタリくっつけ、今にもキスできそうな勢いです。

至近距離に頬を染めた陽葵《ひまり》ちゃんの顔があり、慌てて離れます。

「うわぁぁぁっ！　す、す、すみません！」

「びっくりしたのはこっちだよ！　止めなかったらどこまでやるかな～と思って見てたらこれだよ！　危うく千春《ちはる》ちゃん相手にドキドキしそうだったよ！　してないけどね！」

「ご、ご、ごめんなさい！　つい！」

「ついじゃないよ！　っていうか妄想がお花畑すぎるよ！　真っピンクだよ!!」

陽葵《ひまり》ちゃんにピシャリとそう言われ、ようやく状況が呑《の》み込めてきました。

私ってばまた陽葵《ひまり》ちゃんの前で妄想に入って……冷静になったら恥ずかしいやつじゃないですかこれ。

「じゃ、じゃあ最初に止めてくださいよ！」

「ボーッとしながら出ていったと思ったら熱演が始まったんだもん。とりあえず警戒して見守っちゃうでしょ」

「……うぅ」

「なんていうか集中力がすごいよね。演技の練習の時以上だもん」

だって……陽葵《ひまり》ちゃんが提案した、センパイと同じ湯船に浸《つ》かってる状況が、あまりに魅力的すぎたんですもん。すぐにストーリーが浮かんできたんですもん。

思いついちゃったらもう、妄想の世界に飛び込むしかないじゃないですか。

「……千春《ちはる》ちゃんってさ、基本的にえっちだよね」

「そ、そんなことありません！　女の子ならこれくらい普通です！」

「ホントにそうかなぁ〜？」

陽葵《ひまり》ちゃんはじとーっとした目で見つめてきます。

いやいや、恋する乙女はみんなこうですよね？　キャラ的に恋バナとかしないので他の人のことは知らないですけど。

……あれ、なんだか自信がなくなってきました。

「そ、そんなことより作戦会議ですよ！　地に足つけてこれからの話をしましょうよ！」

「はいはい。妄想ばっかりしてる千春《ちはる》ちゃんに言われたくないけど、あんまり長引いてものぼせちゃうし」

「そうですそうです」

なんとかごまかせたようでホッとします。陽葵《ひまり》ちゃんは「やれやれ」とでも言いたげに頭をふると、一つ息を吐いてから腕を組みました。

「……急に作戦会議なんて言ったのも、伝えたいことがあったんだ」

そして、陽葵《ひまり》ちゃんは——柄にもなく目を伏せ、真剣な口調で話を切り出します。

「千春《ちはる》ちゃんなら気づいてるよね、最近のお兄ちゃんが暗いこと」

「……っ！」

思わず声が漏れました。「はい」と答えながら私はうなずきます。

「なんだか昔の、初めて会った頃のセンパイに戻っちゃった感じがしています」

「昔かぁ……うん、そうかもしれない」

「何があったんですか？」

「この前、お母さんが家に来たんだ」

「……え？」

驚きました。お母さんについては、以前陽葵《ひまり》ちゃんに聞いたことがあります。

お母さんは——陽葵《ひまり》ちゃんのことが大好きで、センパイのことが大嫌いだった、と。センパイを否定してばかりだった、とも。

「私に会いに来たらしいんだけど、たまたま私が出かけてる時でさ。お兄ちゃんから連絡をもらってすぐに帰ったんだけど……着いたときにはもう、あんな感じだった」

「それは……お二人は何の話をしていたのでしょうか？」

「わかんない。お母さんにもお兄ちゃんにも聞いてみたけど、普通の世間話だって。だけどきっと、二人にとって普通の話でも、お兄ちゃんにとって落ち込んじゃうようなものだったんだと思う」

陽葵《ひまり》ちゃんの言葉は、これ以上ないほどに重苦しいものでした。

「お母さんはね、いっつもお兄ちゃんのことを否定するの。あんたは怖いんだから人に迷惑をかけちゃダメ、とか、まるでお兄ちゃんがみんなに嫌われるのが当たり前みたいに言ったり」

「……センパイは、そのお母さんのことをどう思っているのですか？　嫌われているとわかっているのなら、聞く耳を持たなくてもいいと思うのですが」

「それがね、お母さんはお兄ちゃんのためを思って言ってる……とは正直思えないけど、そういう体で話してる。お兄ちゃんは真面目だから、お母さんの言葉もまともに受け止めちゃうんだ。自分を最もよく知る人の言葉だから、って」

「………」

どんなに酷《ひど》いことを言われても、自分の非だと真正面に受け止め、改善しようと努める。

そんなセンパイの姿は容易に想像できました。

「だけどね、一番ダメなのは私なの」

陽葵《ひまり》ちゃんは胸の前でギュッと手を握ります。

「お母さんはね、私たちが何か言い返すと、すっごく機嫌が悪くなるの。それが嫌で……ただそれだけの理由で、私もお母さんの言葉を否定できなかった。お兄ちゃんはずっと我慢してたのに、私のせいで——」

「陽葵《ひまり》さんは悪くありません」

気づけば私は陽葵《ひまり》ちゃんの言葉を遮り、その肩を摑《つか》んでいました。

「悪いのはそのお母さんです。違いますか？」

「……千春《ちはる》ちゃん」

見たこともないような陽葵《ひまり》ちゃんの不安げな表情。

それを振り払うように、私は言います。

「お話を聞けて良かったです。きっとセンパイの心に根ざした問題は想像以上に深くて……ずっと一緒にいた陽葵《ひまり》ちゃんにはどうにもできない。そうですよね？」

「…………」

「だから、私がやります。私がセンパイに寄り添います」

私は陽葵《ひまり》ちゃんの目をまっすぐに見つめます。

そうすること数秒間……やがて、陽葵《ひまり》ちゃんは険しかった表情を崩しました。

「言い切っちゃうんだもんな～。えへへ、千春《ちはる》ちゃんには敵《かな》わないや」

私も頬を緩めると、陽葵《ひまり》ちゃんは私の脇を小突いてきました。

「恋する乙女のくせに～！　頭お花畑のくせに～！　このこのっ！」

「そ、それは今関係ありません！」

陽葵《ひまり》ちゃんはニシシと笑い、座り直します。

「まあ、難しいことも言っちゃったけど……まずはお兄ちゃんをドキドキさせないとね！　可《か》愛《わい》いパジャマも一緒に選んだし！」

「は、はい！　もちろんです！」

「そしてそのために、千春《ちはる》ちゃんにはさらなる作戦を授けます！　お兄ちゃんと千春《ちはる》ちゃんが心から通じ合えるような話ができるように……」

陽葵《ひまり》ちゃんは企《たくら》むような笑みを取り戻し、私に今夜の作戦を伝えるのでした。

＊

花咲《はなさき》のオーディションに向けた練習が終わった後、俺たちは一緒に外で夕食を食べた。

それから家に帰り、陽葵《ひまり》のわがままで陽葵《ひまり》と花咲《はなさき》が一緒にお風呂《ふろ》に入って、その後俺も入れ替わりで入った。

陽葵《ひまり》のアドバイス通りに花咲《はなさき》のパジャマ姿を褒め、花咲《はなさき》が毎日やっているという風呂上《ふろあ》がりのストレッチも三人で行って、あとは寝るだけ……なのだが。

「せっかくのお泊まりだよ！　みんなで一緒に寝よ！」

寝室のある二階に向かおうというタイミングで、またもや陽葵《ひまり》がわがままを言い出した。

「俺と陽葵《ひまり》がご両親の部屋で寝るという話だっただろう」

「でもさ～、お泊まりだよ？　隣で一緒に寝ていろんな話をするまでがセットだよ！　同じ布《ふ》団《とん》に並んで寝るからこそ、普段できないような話もできて、もっと仲良くなれるんだよ？　恋バナとかね！」

陽葵《ひまり》は頰に手を当て、キラキラと目を輝かせる。

陽葵《ひまり》が友達の家に泊まりに行くことはよくあったし、今まで何度もやってきたのだろう。

「だからさ！　あんなに広いベッドがあるのに、千春《ちはる》ちゃんと一緒に寝ないなんておかしいよ！　千春《ちはる》ちゃんもそう思うよね～？」

「そうなのでしょうか。同じ学校の人とのお泊まりは経験がないもので……」

「じゃあ私たちが初めてだよ！　これはもうやるっきゃないよ！」

陽葵《ひまり》は興奮気味に話し、花咲《はなさき》は苦笑いを浮かべていた。

こうなったらもう陽葵《ひまり》を止めることはできない。花咲《はなさき》は陽葵《ひまり》の気が済むまで恋バナに付き合わされることだろう。

いや、夢で聞いた限り、花咲《はなさき》の俺に対する好意は陽葵《ひまり》にも伝わっているはずだが。いったいどんな話をするのだろうか。

その内容は気になるが……一つ確かなのは、俺は邪魔だろうということだ。

「そういうことなら、俺はリビングのソファーで寝ても──」

「ダメだよ！　一緒に寝るのが醍醐味《だいごみ》って言ったじゃん！」

「だが、俺もいていいのか？」

「当たり前でしょ！　千春《ちはる》ちゃんもいいよね？」

「はい。先輩だけ仲間外れはおかしいですから」

陽葵《ひまり》に確認され、花咲《はなさき》は思いの外強く断言する。花咲《はなさき》の意思が入っているようにも感じた。

「まあ、そういうことなら──」

「そうと決まればさっそく出発進行！」

俺が了承するやいなや、陽葵《ひまり》が率先してリビングの階段を上がり、俺たちも続く。そうして俺たちは花咲《はなさき》夫婦の寝室に入った。

改めて見ると部屋は広く、ベッドも大きい。三人で寝ても十分な広さだ。

「かすみんと大ちゃんが寝てるベッドだ〜〜〜！」

「行儀が悪いぞ」

「だって〜〜」

陽葵《ひまり》がベッドのど真ん中にダイブし、ゴロゴロと転がる。ベッドの広さはまるで違うが、夢の中での花咲《はなさき》を思い出した。

しかし陽葵《ひまり》は、ひとしきり端から端へと転がり、再び真ん中に戻った後——顔だけを上げて俺たちの方を見た。とても真剣な表情だった。

「……お兄ちゃん、事件だよ」

「どうした？」

「このベッドと布団《ふとん》、信じられないくらい気持ちいいよ……！」

「……そうか」

「ふふふ、それは良かったです」

「お兄ちゃんも寝たらわかるよ！　あ、千春《ちはる》ちゃんはこっち側ね！」

促され、俺と花咲《はなさき》も陽葵《ひまり》を挟むようにして布団《ふとん》の中に入る。花咲《はなさき》は自分の部屋から枕を持ってきていた。俺が使うのは大介《だいすけ》さんの枕だ。

ゆっくりとベッドに体を預けてみると、確かにほどよい弾力が返ってきた。

「ヤバい……いっぱいお話したかったのに、すぐに寝ちゃうかも……千春《ちはる》ちゃんごめん……」

「いえいえ、ご無理をなさらなくても大丈夫ですよ」

「また絶対泊まりにくるから……いっぱいお話しよう……ね………」

陽葵《ひまり》はそこまで言うと、力尽きたように顔を枕に落とした。

普段は香純《かすみ》さんが使っている枕から、ポスンと気の抜けたような音がする。

「うん？　もう寝たのか？」

「移動もありましたし、お疲れだったようですね」

花咲《はなさき》は体を起こし、聖母のように微笑《ほほえ》みながら陽葵《ひまり》を見つめる。

陽葵《ひまり》はすでにスースーと寝息を立て、気持ちよさそうに眠っていた。あれだけ楽しみにしていたのに。

「昔から陽葵《ひまり》の寝付きは良かったが、今もこれほどだったとは」

「ふふふ、暗くしましょうか」

花咲《はなさき》は壁のボタンを操作し、いくつかの電気を消した。

残ったのは、外からのカーテン越しの光と、小さな間接照明。寝るのには十分な暗さだ。

花咲《はなさき》が布団《ふとん》に入り、胸のあたりまで布団《ふとん》を被《かぶ》る。一枚の大きな布団《ふとん》なので、俺もそれに合わせ、仰向けで布団《ふとん》の上に腕を乗せた。

「今日はすまなかった。陽葵《ひまり》がいろいろとわがままを言って」

「いえいえ。それが陽葵《ひまり》ちゃんですし、私も楽しかったです。でも――」

花咲《はなさき》はそこまで言うと――声色を変えた。

「ここからは——私たち二人の時間、ですよね？」

顔は見えなくても、その甘ったるい声で、モードが切り替わったのがわかった。

——小悪魔モード、二人きりの時しか見せない一面。陽葵《ひまり》を間に挟んでいるが、陽葵《ひまり》が寝ている今は二人きりという判定らしい。

「……まあ、俺もまだそれほど眠くない。少し話すくらいなら」

「一緒に話せること、もっと喜んでも良いんですよ～。それで、今日はどうでしたか？　お泊まりに胸が高鳴っちゃってますか⁉」

花咲《はなさき》の顔が見えないので、小悪魔モードの圧もいつもほどはない。高級感ある天井を眺めながら、ゆっくりと今日一日を振り返ってみる。

今日は未知の体験の連続だった。それを一言でまとめるなら……。

「君という存在が随分と遠く感じた。そんな一日だった」

「…………」

「来週にはオーディションもある。すぐに合格するかはともかくとしても、きっと君はこれからも、さらに遠くに行くばかりなのだろう」

言葉を紡《つむ》いでいるうちに、どうにも気分が暗くなる。

花咲《はなさき》が生きてきた世界は、俺の生きてきた世界とはまるで違う。やはり俺は、花咲《はなさき》の隣にいるべき人間では——。

「そうじゃないんですよ、センパイ」

「……花咲《はなさき》？」

花咲《はなさき》はそう言って起き上がり、ベッドから出た。胸には自分の枕を抱え、むすっとした表情で俺を見下ろす。

それから大きなベッドをぐるりと一周し、俺が寝ている側へとやってきた。

「……花咲《はなさき》？　何をして──」

「ふふっ、来ちゃいました。こっちの方が話しやすいですよね？」

花咲《はなさき》は俺の顔の隣に枕を置くと、強引に布団《ふとん》に入ってきた。たまらず俺は体を離してスペースを空ける。

十分な広さとはいえ、反対側では陽葵《ひまり》がベッドの真ん中に陣取っている。それほど余裕があるわけでもなく、肩と肩はほとんど触れ合っていた。

先ほどより距離が縮まり、花咲《はなさき》は囁《ささや》くような小声で俺に問いかける。

「これでも遠くに感じますか？」

「……いや、物理的な距離のことを言っているわけじゃ──」

「今は屁理屈《へりくつ》はいいんですっ」

花咲《はなさき》は拗《す》ねるように言う。花咲《はなさき》のほうが屁理屈《へりくつ》だと思うのだが。

「さすがに近すぎるだろう。陽葵《ひまり》もいるんだぞ」

「え～？　陽葵《ひまり》ちゃんがいなかったらいいんですか～？　何が違うんですか～⁇」

「…………」

ニヤニヤとからかってくる花咲《はなさき》を見ず、俺はむしろ背中を向けるようにして体を倒した。スヤスヤと眠る陽葵《ひまり》が視界に入る。

「明日もレッスンなのだろう。早く寝て体を休めた方がいい」

「……むぅ」

花咲《はなさき》はわざとらしく不満げな声を漏らしながら、俺の背中を指でツンツンとつついた。

「陽葵《ひまり》ちゃんが言ってたじゃないですか、寝る前にお話するのがお泊まりの醍醐味《だいごみ》だって。陽《ひ》葵《まり》ちゃんが寝ちゃった以上、センパイが責任持って私とお話するべきじゃないですか？」

「……まあ、期待させてしまったのなら申し訳ないが」

「わかったら、体をこっちに向けてください。グルッと、潔《いさぎよ》く」

「いや、それは――」

「いいから早く」

「…………」

花咲《はなさき》の押しが強く、寝かせてくれそうにない。

……しばらくご無沙汰とはいえ、夢ではこれくらいの距離感はいつものことだった。動揺する理由はない。

そう思い直し、俺は体を回転させて花咲《はなさき》の方に顔を向け——同じく俺の方を向いていた花咲《はなさき》と目が合った。

「やっと私を見てくれました」

「……っ」

思わず息を呑《の》んだ。花咲《はなさき》はいたずらっぽくニヤリと笑う。

薄暗い部屋、ベッドの上で向かい合い、ほんの数センチの距離に花咲《はなさき》の顔。ここまで至近距離でじっと見つめ合うことは、夢の中でさえ一度もなかった。

パッチリと大きな目で覗《のぞ》き込まれ、鼓動が速くなってくる。しかし後ろに下がろうにも、陽《ひ》葵《まり》がいて身動きが取れない。

そんな状況になって、ようやく思い至る。まさかこの状況こそ、花咲《はなさき》と陽《ひ》葵《まり》の用意した作戦なのでは——。

「この距離ですっぴんなの、ちょっぴり恥ずかしいですね」

花咲《はなさき》は少し頬を染めながら言う。そういえば以前、夢でも同じようなことを言っていた。

「安心してくれ。俺にはあまり違いがわからない」

「ふっふっふ。十代はすっぴんでも勝負できるように、というのがお母さんの教えです」

俺の言葉に安心したのかもしれない。花咲《はなさき》は枕を侵食する勢いで、さらに顔を近づけてきた。

「センパイから私と同じ香りがします。ちょっと新鮮ですね」

「……ああ」

香り。

今まで夢でもあまり意識していなかったが、花咲《はなさき》が使っていたシャンプーやボディソープを自分でも使ってみたことで、よりその香りが鮮明に記憶に焼き付いた。次に夢を見た時は意識してしまいそうだ。

あまり長く会話を続けてはいられない。俺はそう直感し、目線を逸《そ》らした。

「もう、センパイってば恥ずかしがり屋なんですから。こういう会話も楽しみましょうよ〜。お泊まりの醍醐味《だいごみ》ですよ〜？」

「……君は恥ずかしくないのか？」

「……そういうことは女の子に聞いちゃダメです」

その言葉を聞いて思わず視線を戻すと、花咲《はなさき》はいじらしく頬を染めていた。

一転した態度が愛《いと》しく感じられ、強く言えなくなってしまう。

「すみません、こう見えて私も浮足立ってるんです。って、女の子に何言わせるんですか」

「……君が勝手に言ったんだろう」

「でも、ようやく落ち着いてきました。なので……大事な話をさせてください。センパイのことをもっと知りたいです」

花咲《はなさき》はそこまで言うと——真剣な表情で俺の目を見つめた。エメラルドのように澄んだ瞳には、決して目を逸《そ》らすことができない力があった。

小さな口を開き、花咲《はなさき》は言葉を紡《つむ》ぐ。

「この前、お母さんが来たんですよね」

「……陽葵《ひまり》に聞いたのか」

「はい。でも、それを聞いて納得したんです。先週から、なんだかセンパイが暗くなっていた気がしていたので」

「そうか……心配させてすまない」

「今のお顔も暗いです。いったいどんな話をしたんですか？」

花咲《はなさき》は俺の顔色を窺いながら、それでいてストレートに尋ねてくる。

何もごまかすことはできない、そう感じた。

「……母さんに会うのは数年ぶりだったから、その間のことを話した。高校では生徒会長をやっている、と」

「なるほど……お母さんの反応はどうでしたか？」

「驚かれたな。相変わらず嫌われてるんでしょうに、とも言われた。母さんは俺のことをよくわかっているから、学校での俺の立ち位置さえもお見通しだったらしい。それでも俺が生徒会長をやっていけているのは、君や陽葵《ひまり》のおかげだな」

「…………」

花咲《はなさき》はなにか言いたげに、俺の目をじっと見つめる。俺も目を逸《そ》らせなかった。

それから花咲《はなさき》は言葉を選ぶように、ゆっくりと話し始める。

「今の話を聞いて思ったことがあります。自分が周りから嫌われてしまっているのは、自分が悪いから……センパイはそう思っているかもしれません。だけど、本当にそうでしょうか?」

「……どういうことだ?」

「センパイは自分のことを、嫌われて当然だと思っています。だから無意識に、みんなから誤解されるような言動を選んでしまうんです。思い込みが先にあるんです」

「………」

そんなことは考えたこともなかった。

性格が厳しいから、感情表現が乏しいから。俺が嫌われる原因は明確に理解できていると思っていた。決して分析は間違っていないはずだ。

なのに……新しい視点を示され、俺はすぐに言葉を返せない。

「私が好かれてるのだって、言ってみれば、みんなに好かれようと思って振る舞ってるからです。というか普通は無意識にそう振る舞います。なのに、センパイは真逆なんです」

「………」

「それはきっと、お母さんの言葉が深く脳裏に焼き付いているんだと思います。自分は嫌われて当然なのだ、そう言われ続けてきたことです。だから、センパイの意識さえ変われば、センパイに対する周りの態度もきっと変わります」

花咲《はなさき》の話は、理屈としては理解できる。それでも、すぐに信じることは出来なかった。

「……難しい話だ。俺はこのままでも――」

「私が嫌なんです」

花咲《はなさき》は強い口調で俺の言葉を遮った。

「センパイは人に嫌われるような人じゃありません。不器用だけど、本当はとっても優しい人です。少なくとも私はそう思っています。確信しています」

「…………」

「そんな人が嫌われてるなんて……嫌じゃないですか」

花咲《はなさき》は優しくそう言うと――布団《ふとん》の外に出ていた俺の手を、包み込むように握った。

その柔らかく温かな感触に、心まで溶かされそうになる。

「私はセンパイに、変わってほしいです」

「……変われるのだろうか」

「月曜日には終業式、そして夏休み突入です。一ヶ月以上も休めばみんな、ちょっと怖いセンパイの印象なんて忘れてますよ。つまり、イメチェンってやつです」

花咲《はなさき》は冗談っぽく笑うと、小さくうなずいた。

「何年もすり込まれてきた意識は、きっとそう簡単には変わりません。それこそ、一ヶ月以上の期間が必要かもしれません」

「……夏休み、か」

「だから私が、センパイを上書きします。今までの十数年を覆《くつがえ》しちゃうくらい、たくさんの言葉を贈ります。そのためには……いっぱい会わないとですね？」

花咲《はなさき》はいたずらっぽく微笑《ほほえ》む。

「君に負担をかけるわけには――」

「私がやりたくてやるんです。あ、センパイに拒否権はありませんよ？」

「……随分と強引だな」

「こうでもしないと、センパイは受け入れてくれませんから」

俺の手を包み込む花咲《はなさき》の力が強くなる。花咲《はなさき》の体温以上に、その手はとても温かかった。

母さんと離れる前から、俺は何も変わっていない。そう思っていたが……俺の周りの環境はまるで違う。そんな当たり前のことに気付かされる。

――これほどまでに俺のことを考え、寄り添ってくれる人がいる。それはどれだけ幸せなことだろうか。

「だが今は、その強引さが……とても嬉《うれ》しい」

「そう言ってもらえて、私も嬉《うれ》しいです」

花咲《はなさき》がそう言って目を細めると、小さくあくびをした。どちらからともなく、お互いに笑みをこぼす。

会話はそれだけで十分だった。

柔らかなベッドに、花咲《はなさき》の優しさに……包みこまれるようにして、俺は眠りに落ちていった。

＊

翌日。俺たちは簡単な朝食をとり、一緒に家を出ようとしていた。

花咲《はなさき》は今日と明日、オーディションに向けた追い込みレッスンがある。花咲《はなさき》がレッスンに向かうこの時間が、俺たちの帰るタイミングだ。

「また来てくださいね。両親が家を空けることは多いですから」

「来る来る！　今度は夜もみんなでいっぱい話そうね～」

「あまり迷惑をかけるなよ。ともあれ、招待してくれてありがとう」

俺は玄関で靴を履き、二人を待つ。すぐに花咲《はなさき》と陽葵《ひまり》もリビングから出てきたが、陽葵《ひまり》はそこで、花咲《はなさき》の肩に手を置いて引き止めた。

「楽しかった～！」

「それにしても～」

陽葵《ひまり》はニヤニヤと、花咲《はなさき》に耳打ちするようにつぶやく。

「昨晩はお楽しみだったね〜、私を壁にしてイチャイチャしちゃってさ〜」

「な……お、お、おお起きてたんですか⁉」

「だって行動に移すまでが早すぎだもん。千春《ちはる》ちゃんがお兄ちゃんを襲ったら止めるべきかどうか、かなり真剣に悩んでたよ？」

「お、おそそおそそ襲う⁉」

「さっきから動揺の仕方が一緒だね〜」

小声で話しながら、陽葵《ひまり》はニコニコと花咲《はなさき》の顔を覗《のぞ》き込む。花咲《はなさき》の顔は引きつっていた。

話は断片的に聞こえているのだが、ここは聞こえないふりをした方が良さそうだ。

「陽葵《ひまり》、もう行くぞ」

「は〜い！　千春《ちはる》ちゃん……ありがとね」

最後に陽葵《ひまり》は花咲《はなさき》に微笑《ほほえ》みかけ、玄関へと歩いてくる。花咲《はなさき》はしばらくフリーズしていたが、気を取り直したように顔を上げた。

その後は三人一緒に家を出て駅まで歩き、花咲《はなさき》とは反対方向の電車に乗って別れた。

俺と陽葵《ひまり》は座席に並んで座る。どこか清々《すがすが》しい充実感が胸の内にあった。

「お泊まり楽しかったね〜」

「君は随分と花咲《はなさき》を振り回していた気がするがな」

「まーまー、それもお泊まりの醍醐味《だいごみ》ってやつだよ。お泊まり、お兄ちゃんはどうだった？」

陽葵《ひまり》はこちらを見て問いかけてきた。

「オーディションも近いからな。これが花咲《はなさき》にとって良い息抜きになったのなら――」

「だから違うんだって！　聞きたいのはお兄ちゃんの感想！」

「ああ……いろいろあったが、少し心が軽くなったのは俺も同じだ」

「うんうん。それでいいんだよそれで」

俺の答えを聞き、陽葵《ひまり》が上機嫌にうなずいた。

花咲《はなさき》に昨夜言われたことは、俺の中でまだ完全には呑《の》み込めていない。それでも、きっと未来は良くなっていくだろうという、前向きな気持ちがあった。

「夏休みも千春《ちはる》ちゃんと遊びたいね～。オーディションに合格したら、女優として忙しくなっちゃうのかな？」

「どうだろうか。忙しくなるのはまだ先なんじゃないか？」

俺たちは呑気《のんき》に、そんな未来の話をしていた。

――このお泊まりがあんな事態を引き起こすとは、夢にも思っていなかったのだ。

第四章　俺は、君のことが――　Chapter4

お泊まり会から週末を挟み、月曜日の朝を迎えた。

一学期の終業式の日だが、朝の挨拶活動は変わらない。

夏休みを目前にし、浮足立っている生徒もいる。そんな時こそ俺がしっかりし、生徒たちの気を引き締めなければならない。服装などが緩んでいる生徒がいないか、いつも以上に厳しくチェックせねば。

そう思って臨んだのだが……。

「おはようございます」

「……おはようございます」

「……？」

いつもどおりの活動なのに、強い違和感があった。時折、俺をチラチラと見てくる生徒がいるのだ。

生徒の反応はたいてい、挨拶を返すか、軽く会釈《えしゃく》するか、何もせず通り過ぎるか。目をつけられたくないという思いもあるのか、俺に目線まで返す生徒は少ない。

――こんなことは今までになかった。その理由も思い当たらない。

そうして不安な気持ちになりながらも活動を続け、徐々に生徒も増えてきた。そのうちにやってきたのは花咲《はなさき》だ。

「花咲《はなさき》か、おはよう」

「おはよう……ございます……」

「……大丈夫か？　体調が悪いのか？」

人混みの間から現れた花咲《はなさき》は──ひと目でわかるくらいに、顔色が悪かった。

つい一昨日までの花咲《はなさき》とはまるで違う様子に戸惑う。

「いえ……私は大丈夫です……」

「おい」

花咲《はなさき》は膝が震えていて、思わず肩を摑《つか》んでその体を支えた。

風邪か？　いや違う。そんな感じじゃない。

「……っ」

そして気づけば、何人かの生徒たちが足を止め、俺たちを見ていた。

花咲《はなさき》の体調を心配している……わけではなさそうだ。ヒソヒソと声を潜めて話す生徒もいる。

何かあるのは明らかだった。

「さっきから生徒に注目されている気がする。心当たりはないか？」

「それは……」

俺の質問に目を泳がせ、言《い》い淀《よど》む花咲《はなさき》。

それでも俺の目を見て、意を決するように口を開こうとしたところで……。

——聞き覚えのある声が、鋭く校門前の喧騒《けんそう》を切り裂いた。


「先輩に花咲《はなさき》さん!! これはどういうことですか!?」


俺と花咲《はなさき》が声の主に顔を向ける。そこにいたのは野口《のぐち》だった。

腕を組み、顎を引いて俺を睨《にら》みつける。小柄な体から強い怒りが伝わってきた。

「どういうこと、とは?」

「しらばっくれないでください! これのことですよ!」

野口《のぐち》はスマホを取り出し、俺の眼前にその画面を見せつける。

それを見た俺は——言葉を失った。

「お泊まりデートってどういうことですか!」

そこに表示されていたのは、ネットニュースだった。

記事の冒頭には二枚の画像がある。制服姿の俺と花咲《はなさき》が並んで家に入る夕方の写真、そして私服の俺たちが家を出る朝の写真。陽葵《ひまり》は写っていない。

そしてタイトルには『花咲《はなさき》夫婦の娘(高1)、初オーディション直前に彼氏を家にお持ち帰り&禁断の一夜!? ロケで花咲《はなさき》夫婦は不在』という悪意のある文字列が躍っていた。

「……違う。これは花咲《はなさき》のクラスメイトである陽葵《ひまり》も一緒で――」

「だとしてもです！　男の人ってだけで注目されるんですよ！」

気づけば、登校する生徒たちが輪を作るようにして俺たちを取り囲んでいた。

花咲《はなさき》は青ざめたままうつむいている。

「私言いましたよね、軽率な行動は避けてほしいって！　オーディションも近づいてるのに、こうなっちゃったらもう取り返しがつかないんですよ!!　最悪オーディションに影響も……」

まくしたてるような野口《のぐち》の言葉は、途中から聞こえなくなっていった。代わりに頭の中を支配するのは、起こってしまった事の重大さだ。

SNSでの拡散。炎上。デジタルタトゥー。

ネットがいかに強力で怖いものであるかは、学校の授業でもよく言い聞かされていた。

つまり俺は……花咲《はなさき》の人生にとんでもない影響を……。

「――っ」

俺は思わず手で口を押さえた。

吐き気がする。目眩《めまい》がする。俺を見る母さんの目がフラッシュバックする。

――人に迷惑をかけない。誰にも嫌な思いをさせない。

俺は、そんな簡単なことさえも――。

「念のため確認ですけど、花咲《はなさき》さんと先輩は恋愛関係なんかじゃないですよね？　そんなのあり得ないですよね？」

野口《のぐち》は声のトーンを落とし、花咲《はなさき》に問いかける。

花咲《はなさき》はやっと顔を上げたが、その顔色はなおも青白く、まともな受け答えができるようには見えなかった。

当たり前だ。この状況で最も辛《つら》いのは、俺ではなく花咲《はなさき》なのだ。

だからこれ以上——花咲《はなさき》に迷惑をかけるわけにはいかない。

「……もう、いい」

「先輩……？」

花咲《はなさき》は不安げな目で俺を見上げる。

俺は花咲《はなさき》に代わり、野口《のぐち》に向けて口を開いた。

「そもそも二人きりで泊まったということすら事実ではないし、この記事は憶測だけを元に書かれたでたらめ記事だ。そして……君も認識しているとおり、俺が花咲《はなさき》と付き合うなんて万が一にもありえない」

「そうですよね！　花咲《はなさき》さんがこんな人と付き合うわけないですよね！」

野口《のぐち》は安堵《あんど》で表情を緩める。周りの野次馬たちも同じような反応を見せていた。

「でもまだ安心はできません。花咲《はなさき》さんの口からも聞かせてください」

野口《のぐち》はそう言って花咲《はなさき》に詰め寄った。花咲《はなさき》は気まずそうに、野口《のぐち》と俺の顔を交互に見る。

しかし最後には息を整え――花咲《はなさき》夫婦の娘らしい、お淑《しと》やかな微笑を浮かべた。

「先輩の説明された通りです。先輩のことは生徒会長として尊敬していますが、それ以上のことはありません。何より今は、女優を目指す活動に集中すべきですから」

「そうですとも！　花咲《はなさき》さんには輝かしい未来があるんですから！」

野口《のぐち》はぶんぶんと首を縦に振り、花咲《はなさき》を肯定する。

俺は花咲《はなさき》の答えを聞き届け、声を張り上げて生徒たちに呼びかけた。

「これが君たちの知りたいことのすべてだ！　わかったら校門前に固まるな、校舎へ入れ！」

野次馬たちがぞろぞろと校舎へ移動していく。

彼らの表情を見ると、この騒動が起こる前よりも、どこか安心しているように感じた。

「今回の件は完全にあの先輩が悪いですが、花咲《はなさき》さんも注意してくださいね。これからは一挙手一投足が注目されるんですから」

「そう……ですね」

そして野口《のぐち》と花咲《はなさき》も、一緒に校舎の方へと向かう。

その時、花咲《はなさき》はチラリと俺の方を振り返った。

だが俺は背を向け、挨拶活動を再開する。花咲《はなさき》が声をかけてくることはなかった。

「……ああ、そうだ花咲《はなさき》。それでいい」

自分に言い聞かせるように、俺はそうつぶやく。周りの音はもう、耳に入ってこなかった。

＊

「千春《ちはる》ちゃん！　ちょっと待って！」

「……陽葵《ひまり》さん？」

ずっと上の空のままで、終業式と帰りのＨＲを過ごした後。

教室から出てすぐ、私は陽葵《ひまり》ちゃんに呼び止められました。

そのまま強引に、誰も通らない廊下へと連れられます。

「どうしましたか？」

「どうもこうもないよ！　さっきからすっごく顔色が良くないし……ネット記事も見たよ」

陽葵《ひまり》ちゃんは目を伏せます。

「ごめんね。お泊まりしようって言ったのが、あんなことになっちゃって」

「いえ、陽葵《ひまり》さんは悪くありません。私の危機感が足りなかったんです。私がもっと花咲《はなさき》夫婦の娘としての自覚を――」

「あ、ちょっと待って！　そういう話がしたいんじゃないの！」

陽葵《ひまり》ちゃんは顔を上げ、首をぶんぶんと横に振りました。

「この前、千春《ちはる》ちゃんは言ってくれたよね。お兄ちゃんが暗くなっちゃったのも、悪いのは私じゃなくてお母さんなんだって」

「…………」

「じゃあさ。一番悪いのは私でも千春《ちはる》ちゃんでもなく、勝手に嘘《うそ》だらけの記事を書いたゴシップ記者じゃないかな？」

「……そう、ですね」

陽葵《ひまり》ちゃんの言うことはもっともでした。

本来、私たちは責められるようなことはしていないはずです。

「ありがとうございます。起こってしまったことは変わりませんが、少しだけ気が楽になりました」

「うん、それなら良かった」

陽葵《ひまり》ちゃんは優しい表情でうなずきます。まるで、この前と立場が逆になったようでした。

しかし次の瞬間、陽葵《ひまり》ちゃんは真剣な表情に戻ります。

「それじゃあさ、もう一つ聞かせて。――朝、何があったの？」

「……っ」

じっと見つめられ、私は言葉に詰まります。

「噂《うわさ》しか知らないんだけど、千春《ちはる》ちゃんとお兄ちゃんがいる時に何かあったんだよね？」

陽葵《ひまり》ちゃんはいつも遅刻ギリギリに来るので、校門前での騒動を直接見てはいないでしょう。

だから迷いました。陽葵《ひまり》ちゃんに伝えるべきなのかどうか。

「いえ……それは……」

「今千春《ちはる》ちゃんから聞かなくても、きっと誰かから話は入るし、それが正しいとは限らない。それよりも、千春《ちはる》ちゃんの口から、本当のことを聞かせてほしい」

「……そうですね。わかりました」

これだけ私のことを応援してくれた陽葵《ひまり》ちゃんに、隠し事などできるはずがありません。

今朝、校門前で何が起こったのかを、私は話し始めました――。


「そんなことが……」

野口《のぐち》さんがやってきてニュースを見せてきたこと、先輩が私との交際を否定したこと、私もそれに乗っかったこと。

私の話を、陽葵《ひまり》ちゃんは終始うつむいたまま聞いていました。

「でも一応、その場は丸く収まったんだよね。心配しなくても、お兄ちゃんもたぶんホッとしてるんじゃないかな」

「……いいえ、違います。違うんです。先輩は私を守ってくれたんです」

陽葵《ひまり》ちゃんの言葉を遮り、私は首を振ります。

あの場にいたからこそ、すぐ隣で先輩を見ていたからこそ、私は事の重大さを理解していました。

あの時の私は――取り返しのつかない罪を犯したのです。

「私は――先輩よりも自分を取ったんです」

「え？」

陽葵《ひまり》ちゃんは小さく声を漏らします。私の言葉は止まりません。

「あの時の先輩の気持ちを考えれば……あんなことを言ってはいけなかったんです。先輩はみんなが思っているような人じゃない、そう言わなきゃいけなかったんです」

先輩の淀《よど》んだ目を思い出し、胸が強く締め付けられます。

先週見たような、すべてを諦めたような目。

きっと先輩がお母さんと話した後、陽葵《ひまり》ちゃんが見たのは、先輩のあんな表情だったのでしょう。

「なのに私は……花咲《はなさき》夫婦の娘としての体裁を取ったんです。みんなの誤解を解こうとしなかったんです。お泊まりの時にあんな言葉をかけておきながら……私は……！」

「千春《ちはる》ちゃん……」

気づけば、目には涙が溢《あふ》れ、膝が震えていました。

陽葵《ひまり》ちゃんは私の体を支え、ハンカチで目を拭ってくれます。

「大丈夫だよ！　お兄ちゃんは絶対そんなこと思ってないって！　だからお兄ちゃんのところ

に行こう？　話し合おう？」

「……ごめんなさい。今の私には、先輩に合わせる顔がありません」

私はうつむきながら、陽葵《ひまり》ちゃんの腕を振り払いました。

もう、陽葵《ひまり》ちゃんの顔すら見られませんでした。

「千春《ちはる》ちゃん……」

「今日はこれで失礼します。両親も昼過ぎに帰ってきますし、またそこでいろいろ話さないといけないので」

やはり陽葵《ひまり》ちゃんを振り払うように、私は歩き始めました。

背中から陽葵《ひまり》ちゃんは声をかけてくれます。

「明日のオーディション、頑張ってね！　私もお兄ちゃんもすっごく応援してるから!!」

「……はい。応援ありがとうございます」

「あと、夏休みもいっぱい遊ぼうね!!」

「…………」

何も答えられないまま、私は学校を出ました。

ネットニュースのこと、オーディションのこと、そして先輩のこと。頭の中がぐちゃぐちゃになりながら、家への道を進みます。

——こうして、夏休みが始まりました。

＊

「……開いてますね」

家に帰ると、鍵は開いていました。すなわち、ロケで家を空けていた両親が、私より先に帰宅しているということです。

その事実を認識し、ドアノブに手をかけたところで――手が止まりました。

花咲《はなさき》夫婦の娘として、決して両親の評判を落とさないよう、決して両親に迷惑をかけないよう心がけてきました。

なのに今回、花咲《はなさき》夫婦のイメージを下げてしまうようなことが起こってしまいました。

陽葵《ひまり》ちゃんはああ言ってくれましたが、ネットニュースとして出回ってしまったことは事実なのです。私はどんな顔をして両親に会えばいいのでしょうか。

……また乱れそうな息を整え、立ち尽くすこと数分。考えても答えは出ません。

私は思い切ってドアを開きました。

「ただいま戻りました」

家の中に響く声でそう言いながら、靴を脱ぎ、リビングに入ります。

私の方を見た両親は、ソファーにもたれかかってリラックスしていました。

「おかえり〜、僕たちが先だったね。元気にしてたかい？　あ、お土産もあるよ」

「あなた、今はそんなことより明日のオーディションでしょう。私たちが帰ってきたからには、みっちり千春《ちはる》を絞らないと」

「まあまあ、それはまた後でいいでしょ。二週間ぶりだよ？」

ほんわかとした雰囲気のお父さん、厳しい表情を浮かべるお母さん。それはまるでいつも通りの光景に見えました。

お忙しい両親は——きっとまだ、あのニュースを知らないのでしょう。

「……千春《ちはる》、どうかした？」

「なんだか目が腫れてるわよ」

異変に気づいたのか、二人は私の顔を見ます。

私は意を決して、学校からの帰り道で考えた通りの言葉を紡《つむ》ぎました。

「長旅から帰ったばかりのところすみません。お伝えしなければならないことがあります」

「「…………」」

両親は神妙な表情を浮かべ、続く私の言葉を待ちます。

私は両親の前に立ってスマホを取り出し、例の記事を表示したまま、二人の前に差し出しました。手の震えは抑えられませんでした。

「これは？」

「……すみません。まずはお読みください」

お父さんが私のスマホを受け取り、お母さんはそれを覗《のぞ》き込みます。

そしてすぐ、両親はほぼ同時に顔をしかめました。

「これは……ひどいね」

「……っ」

お父さんの小さなつぶやきが胸に刺さります。

やがて画面をスクロールする指が止まり、二人は記事を読み終えたようでした。

私はうつむき、謝罪の言葉を絞り出します。

「このたびは……私の軽率な行動で、多大なご迷惑を――」

「何言ってるの？　こんなデタラメ記事、何の影響もないよ？」

「……え？」

「なんて顔してるのよ。こっちを見なさい」

私が顔を上げると、二人とも、本当になんでもないような顔をしていました。

「一応確認だけど、お泊まりって生徒会長くんと二人だったの？　三人でって聞いてたけど」

「いえ……記事では触れられていませんが、実際には陽葵《ひまり》さんもいらっしゃいました」

「うんうん。そこが嘘《うそ》だったら僕らも怒ってたかもしれないけど、つまりこれは悪意ある切り取りってやつだね」

　お父さんの言葉に、お母さんは普段よりもさらに厳しい表情を浮かべます。

「オーディション直前の娘を利用して私たちを陥《おとしい》れようとするなんて、発想からして性根が腐ってるわ。くるなら堂々とくればいいのに」

「堂々とこられても困るけどね」

　私の想像とは裏腹に、両親は私を叱ることも、また慌てることもありませんでした。

　拍子抜けしながらも、私は顔色を窺うように尋ねます。

「あの、何の影響もないって……お二人のイメージが落ちたり、仕事に影響したりは……」

「ふふふ。千春《ちはる》、あまり私たちをナメないでちょうだい？」

　お母さんが得意げに、不敵な笑みを浮かべます。

「私たちは歴が長いもの。あなたが生まれてからも含めて、この手の嫌がらせは何度も受けてきたわ。見慣れたものよ」

「このニュースの提供元も、悪い意味で有名なところだしね。業界人でここのニュースをまともに信じる人はいないよ」

「つまり、こんなの私たちにとっても、もちろん千春《ちはる》にとっても、大事でもなんでもない。千《ち》春《はる》が気にする必要はないわ」

　余裕のある表情でそう言ってのける両親。その姿は、普段感じているより何倍も頼もしく見えました。

そんな両親の姿を見て、私は——。

「……良かったですぅぅぅ」

緊張の糸がぷつりと切れ、へなへなとお母さんの隣に座り込みました。

「帰ってきた時、すごい顔だったわよ。そんなに心配だった？」

「だって……私の写真がこんな形で載るのも今までになかったですし……大変なことになっちゃったと思って……怖くて……」

「あはは、千春《ちはる》もまだまだ若いね～。なんだか安心するよ」

「いい勉強になったんじゃない？　有名人になればこんな記事、いくらでも見るんだから」

両親の反応を見ていると、本当に見えている世界が違うのだなと思います。演技の実力だけでなく、人生経験の厚みがまるで違うのです。

だから私も、これで気を抜いているようではいけません。私は背筋を伸ばしました。

「でも、今後は気をつけます。今回は大事には至りませんでしたが、改めて人の視線を意識することができました。これからも花咲《はなさき》夫婦の娘として、決してお父さんやお母さんに迷惑をかけないように心がけます」

「切り替えが早いね。相変わらず千春《ちはる》はしっかりしてるなあ」

私の宣言に、お父さんは苦笑いを浮かべました。

「千春《ちはる》」

隣に座るお母さんが私の名前を呼びます。それに反応して体を向けると、お母さんはやはり厳しい表情で私を見つめていました。

——もしかしたら何か怒られるのかもしれない。

そう思って身構えると——突然、お母さんに抱きしめられました。

「……お母さん?」

「あなたは私たちの自慢の娘よ。素直で、賢くて、礼儀正しくて。周りの人にも羨ましがられるほどだわ。手がかからない子でしょって」

いつぶりかわからないようなハグの感覚に戸惑う中、お母さんは私の耳元で囁《ささや》きます。

「だけど、それが心配になる時もあるの。私たちのためにと思って、自分を抑え込みながら窮屈に生きてるんじゃないかって」

「そんなことは……」

「千春《ちはる》はもっと、自分の好きなように生きていいのよ」

お母さんはそう言って腕を解くと、今度は私の頭に手を置きました。

「今回のこともそう。千春《ちはる》が思っている以上に私たちはタフよ。実際は何でもなかったけれど……もし本当に何かあったとしても、私たちはいつでも千春《ちはる》の味方。それを忘れないでね」

お母さんの目から、目をそらすことが出来ませんでした。その言葉はとても温かく、じんわりと胸が熱くなってきます。

ああ、私はなんて恵まれているのでしょうか。なんて愛されているのでしょうか。

ですが、そんな幸福感とともに、こうも思うのです。

もしも先輩もこんな風に、自分のお母さんに愛されていたとしたら——。

「……ありがとうございます」

「わかればいいのよ」

お母さんは優しく微笑《ほほえ》みながら、私の頭から手を離しました。

そして、静かに私たちを見つめていたお父さんが口を開きます。

「この件についてはどうする？　僕がＳＮＳで一言言っとこうか？」

「いえ、それじゃ足りないわ。千春《ちはる》をこんなに不安にさせた輩《やから》には、きっちり落とし前をつけないと」

「あはは。じゃあ香純《かすみ》に任せようかな」

「ええ。……絶対に後悔させてあげるわ」

一転して、お母さんがとても怖い人に見えました。

「さてと、この件は私たちの方で対処するわ。千春《ちはる》はオーディションに集中よ。わかってるわよね？」

「……はい！」

そうです。オーディションはもう明日に迫っています。両親が帰ってきたら最後の追い込みをすると約束していました。

今は、このオーディションに合格することが、何よりの親孝行になるはずです。

「日常生活ではもっと肩の力を抜いてもいいけれど、演技については妥協しないわ。今日は練習、ご飯の後も練習よ。地下の準備をしてくるから、千春《ちはる》も着替えてきなさい」

「わかりました」

そうしてお母さんはソファーから腰を上げ、地下への階段を下りていきました。

お父さんはいつも通りニコニコしながら、お母さんの行方を見守っていました。

そして、着替えるために私が二階に上がろうとしたところで、呼び止められます。

「千春《ちはる》、僕からもちょっといい？」

「はい、なんでしょうか」

「さっきの記事なんだけどさ。彼氏って部分は本当なの？」

「……あぇっ⁉　なっ⁉」

「あはは、冗談だよ。そんなに動揺しなくても」

たちの悪い冗談です。本当に心臓が止まるかと思いました。

今回のお泊まりも、あくまで生徒会でお世話になっているから、陽葵《ひまり》ちゃんと仲が良《い》いから、という建前で両親に許可を得ていました。私が先輩を好きなことはバレていないはずです。

「な、何にもないならもう行きますよ」

「待って待って。何がいいたいかって言うと……この件がまったく問題ないことは、二人にも言っておいてね。特に日下部《くさかべ》くんなんて真面目そうだし、気にしてるだろうから」

「……っ」

「どうしたの？」

「……いえ、なんでもありません。お二人にもお伝えしておきますね」

お父さんに言われて、再び心に暗い影が落ちます。

そうです。両親に悪い影響を与えていないことに安心していましたが、今回の件はそれだけではありません。

今朝、先輩にしてしまったことは消えないのです。

「千春《ちはる》」

お父さんはニコニコしながら、すべてを見透かしたような目で私を見ます。

「あの記事は僕らを貶《おとし》めるのが目的だから、僕らの問題。なら、千春《ちはる》と日下部《くさかべ》くんの関係は千《ち》春《はる》の問題だよ」

「……わかっています」

その言葉はもっともで、肩に重くのしかかってきました。

そんな私を見てか、お父さんはなだめるように言います。

「夏休みは長いからね。香純《かすみ》の言う通り、まずは明日に集中かな。ベストを尽くそう」

「はい、もちろんです。それでは着替えてきますね」

私はそう答えて、階段を上がり自分の部屋に向かいました。

――朝に先輩にかけた言葉の責任は、私が取らなければなりません。LINEなんかで済ませるんじゃなくて、顔を合わせて解決しないといけません。

そうわかっていても、すぐには先輩と連絡を取れそうにありませんでした。

学校や生徒会があれば、先輩と話す口実ができるのに。今は、大事になっていなかったことをLINEで陽葵《ひまり》ちゃんに伝えるのが精一杯です。

そのためにスマホを持ってベッドに腰掛けた、その時――ふと、赤い御守《おまも》りが視界に入りました。

先輩と一緒に買った縁結びの御守《おまも》り。二人が泊まりに来た時は片付けていましたが、今はいつもと同じように、ぬいぐるみの隣に置いています。

「……本当に、夢で会えたらいいのに」

伝説を思い出し、そんな都合の良《い》いことをつぶやきながら、私は陽葵《ひまり》ちゃんにLINEを送るのでした。

＊

終業式の放課後には生徒会活動もない。俺は足早に家に帰った。

陽葵《ひまり》については、終業式の後は友だちと遊ぶ、と以前から聞いていた。花咲《はなさき》には……合わせる顔がなかった。

朝の出来事のおかげで、二人きりのお泊まりだった、俺と花咲《はなさき》が付き合っている、といった噂《うわさ》が事実無根であることは、学校中の生徒たちには知れ渡ったはずだ。

学校が夏休みに入ったこともあり、花咲《はなさき》が学校での日常生活で嫌な気分になることは避けられただろう。

それでも――ネットニュースが世界中に公開されたことには変わりない。

野口《のぐち》の言う通り、こうなっては取り返しがつかないのだ。

明日にあるというオーディションは大丈夫だろうか。最悪の場合、花咲《はなさき》の人生に悪影響があるのでは……。

とにかく今は、ひどく疲れていた。何かを考える気力もなかった。

考えたところで、俺に何かできるわけでもない。

家に帰った俺は、現実から逃れるようにベッドに横たわり、目を閉じた――。

「──お兄ちゃん、起きて？」

「…………」

「お兄ちゃ～ん。可愛《かわい》い妹が帰ってきたよ～？」

「……陽葵《ひまり》か」

体を揺らされて目を覚ますと、制服姿の陽葵《ひまり》が俺の顔を覗《のぞ》き込んでいた。

傍《かたわ》らの時計を見れば、すでに夕方だった。随分と長い昼寝だったらしい。

「昼ごろにLINEしたよね？　まさかとは思うけど、ずっと寝てた？」

「……今日は少し疲れていてな」

「今日なんて終業式だけだったよ～。そんなんじゃ夏休みも寝てばっかで終わっちゃうよ！」

陽葵《ひまり》はベッドの端をバンバンと叩《たた》く。俺は布団《ふとん》から出て起き上がり、そこに腰掛けた。

「まあ、いろいろあってな」

「それって朝のこと？」

「……聞いたのか」

陽葵《ひまり》はうなずく。陽葵《ひまり》は噂《うわさ》好き、朝のことが耳に入っているのは当然だった。

朝の出来事、ネットニュースを思い出す。

寝ている間は直視せずにいられた現実と再び向き合わざるを得なくなり、薄暗い気持ちになってくる。

「でもね、ねぼすけなお兄ちゃんに朗報があります」

「朗報？」

「千春《ちはる》ちゃんからLINEが来てたんだ～。さっきお兄ちゃんにも転送したんだけどね」

陽葵《ひまり》は俺の横に座った。それからスマホを取り出し、花咲《はなさき》から送られてきたらしいメッセージを俺に見せた。

そこに書かれていたのは──あのネット記事は、花咲《はなさき》や花咲《はなさき》夫婦に何の影響も及ぼさないということだ。

両親に確認したところ、心配していたようなことは何もなさそうだ、と。

「……本当に良かった」

ゆっくりと息を吐きながら、俺は心からそうつぶやいた。

「だね、だからすぐ送ったのにさ～。ま、寝てたんなら仕方ないけど」

「ああ、すまなかった」

「でもでも、これでまたお泊まりできるね！　夏休みのうちにまた行けないかな～。もちろんお兄ちゃんも一緒に行くよね！」

すっかり安心しているのか、陽葵《ひまり》は軽い調子でそう言う。

だが俺は、陽葵《ひまり》のように楽観的にはなれなかった。

「いや、俺は遠慮しておく。今回は大丈夫だったが、これからもそうとは限らない」

俺はうつむきながら拳を握った。

「今回の件でよくわかった。野口《のぐち》の言っていた通り、プライベートの場で男と一緒に行動するだけでも、花咲《はなさき》にとっては炎上の火種になり得るのだろう。それは俺にとっては些細《ささい》なものでも、花咲《はなさき》にとって一生の傷になってしまうかもしれないものだ」

「………」

「だから、俺が学校以外の場で花咲《はなさき》に会うのは避けた方がいい。ほとぼりが冷めるまで、少なくともこの夏休みの間はそうだろう」

花咲《はなさき》のためにはそれが最善だ、そう思った。母さんの顔が頭に浮かんだ。

「この前母さんに言われた通りだ。人に迷惑をかけない、そんな当たり前のことすらも、俺はできていなかったのだ。未来ある花咲《はなさき》に、俺なんかが――」

「お兄ちゃん」

しかし陽葵《ひまり》は俺の言葉を遮ると、わざとらしく、大きくため息を吐いた。

「お兄ちゃんと千春《ちはる》ちゃんって、意外と似てるのかもね」

「……普通に考えれば、正反対そのものだと思うが」

「そうなんだけどさ～、そうじゃないんだよね～」

何がおかしいのか、陽葵《ひまり》は声を弾ませながら言う。

俺と花咲《はなさき》が同じ。そういえば夢の中では度々、そんな結論にたどり着いていた。

「学校で千春《ちはる》ちゃんが言ってたよ。朝のことで、お兄ちゃんを傷つけちゃったって」

「……花咲《はなさき》が俺を？　どういうことだ？」

「お泊まりした夜さ、千春《ちはる》ちゃんがお兄ちゃんに言ってたでしょ。お兄ちゃんにかける言葉を変えて、お兄ちゃん自身のイメージも、学校でのお兄ちゃんのイメージも、丸っきり変えていくんだって」

「……今更だが、狸寝入《たぬきねい》りで盗み聞きというのは褒められたものではないぞ」

「まあまあ、それは今は置いといて」

何か物を横にどかすようなジェスチャーをしながら、陽葵《ひまり》は言葉を続ける。

「それで朝、みんなの前でお兄ちゃんが悪く言われたでしょ。本当なら、先輩はそんな人じゃないって、先輩のことを守らなきゃいけなかったのに、自分の立場を守ったんだって……千春《ちはる》ちゃん、すっごく自分を責めてた。お兄ちゃんに合わせる顔がないって」

「……そんなこと気にするわけないだろう。あの場ではあれがお互いにとって最善だったし、そもそも俺が花咲《はなさき》にそう言わせたようなものだ」

「うん、そうだよね」

陽葵《ひまり》はなぜか嬉《うれ》しそうにうなずく。

「千春《ちはる》ちゃんのこと、迷惑だなんて思わなかったでしょ？」

「当たり前だ。むしろ、俺のせいで……」

「違う違う。悪いのはお兄ちゃんでも千春《ちはる》ちゃんでもなく、ゴシップ記者さんだよ」

「……そう、だな」

そう言われてみれば、心が軽くなった。

「やっぱりそういうところが似てるんだよね。責任感が強くて、自分を必要以上に責めて……でも、お互いのことを大事に想《おも》ってる。すっごくお似合いだと思うな～」

「………………」

「え、なんで真顔なの？　冗談だって。いや冗談じゃないけど」

陽葵《ひまり》は慌てつつ、「とにかく！」と言葉を区切った。

「千春《ちはる》ちゃんがオーディションに受かったら、忙しくなって、もしかしたら生徒会にも来れなくなっちゃうかもだよ？　なのに、ホントにこの夏休みを会わずに過ごしちゃっていいの？」

真《ま》っ直《す》ぐな目でそう問われ、俺は言葉に詰まった。そして考える。

俺と会うことにどの程度のリスクがあるのか。そのリスクを花咲《はなさき》はどう捉え、どう折り合いをつけようとしているのか。それらはすべて、花咲《はなさき》に話を聞いてみなければわからないことだ。

そして俺は――以前、陽葵《ひまり》にかけられた言葉を思い出していた。

花咲《はなさき》に会えなくなってしまっていいのか。いいわけがないのだ。

「……大事なのは俺の気持ち、か」

「そういうこと！」

陽葵《ひまり》は元気に答え、にんまりと笑った。

「ま、それは明日のオーディションが終わってからだね。また一緒に遊べるかは、ちゃんと私から聞いてあげるから！　まったく、手のかかる二人だね～」

陽葵《ひまり》はそう言いながら、ぴょんと飛び跳ねるように立ち上がった。

それからニヤリと笑い、見下ろすようにして俺を見る。

「とりあえず、晩御飯の準備しないと！　一緒にハンバーグ買いに行こ！」

「……ハンバーグは確定なのか」

「ダメ？」

「いや、問題ない」

「やった！　スーパーに急げ～！」

陽葵《ひまり》は部屋を出て、玄関の方に走っていった。俺も続いて立ち上がる。

その足取りは、帰宅した時とは比べようもないほどに軽かった。

買い物のためのバッグと財布を用意し、玄関まで来たところで、靴箱が目に入る。

――今の花咲《はなさき》は明日のオーディションに集中しているだろう。

だが俺には、現実の花咲《はなさき》に影響を与えることなく花咲《はなさき》と話す手段がある。ご両親は今日にも帰ってくると聞いたたし、もう花咲《はなさき》の格好を気にする必要はない。

——いや、違うな。俺が話したいのだ。

寝る前に、御守《おまも》りを再び部屋に戻す。俺はそう心に決め……そして夜を迎えた。


〜〜〜


二週間ぶりの夢は、随分と久しぶりに感じた。

以前と同じくベッドの上で意識を取り戻し、この夢の中に戻ってこられたことにまずは安堵《あんど》する。そうしてベッドを整え……。

「……センパイ？」

やがて現れた花咲《はなさき》は、きょとんとした顔で俺を見つめた。

両親が帰ってきたので、もちろん格好はごく普通の半袖パジャマに戻っている。

「うっ……！」

そしてやはり、花咲《はなさき》は頭を抱えてうずくまった。俺はその様子をじっと見守る。

いつもより長くそうしていた後……。

「センパイ!!」

「うおっ!?」

花咲《はなさき》は飛びつくようにして、勢いよく俺に抱きついてきた。

「ごめんなさい……私……センパイを……！」

「いや、いいんだ」

俺は花咲《はなさき》を胸に受け止め、その背中をゆっくりとさする。

やがて花咲《はなさき》は顔を上げた。至近距離で目が合う。

「私、センパイが好きです」

「……俺も君が好きだ」

言葉の重みを確かめるように、噛《か》みしめるように言い合う。

それだけで十分だった。お互い、自然と頬が緩んだ。

「こういう幸せな感じ、久しぶりですね」

「そもそもこの夢が二週間ぶりだからな」

俺たちはどちらからともなく腕をほどき、そしてベッドに並んで座った。

それでも決して離れるわけではなく、花咲《はなさき》は肩に寄りかかってくる。

そして、拗《す》ねるような口調で俺に言った。

「センパイに抗議します。私はずっと御守《おまも》りと一緒に寝てましたよ？　なんで夢で会ってくれなかったんですか～」

「それは……君にあんな格好であんなことを言われてはな」

「……思い出しましたあれは本当に違うんです忘れてください」

「叩《たた》くな叩《たた》くな、すでに忘れたから安心してくれ」

顔を赤くし、俺の腕をペシペシと叩《たた》き、消え入るような声で懇願する花咲《はなさき》。やはりあの日の言動は花咲《はなさき》にとって黒歴史らしい。

だが、一転して真剣な表情で俺を見る。

「でもきっと、センパイのお母さんの影響ですよね？」

「……ああ、無論そちらの方が大きい」

現実でも話したことであり、ごまかすことは出来ない。俺は正直に白状した。

「君を傷つけてしまうのが怖い。君の人生を壊してしまうのが怖い。母さんと話してからは、そんな気持ちでいっぱいだった。いや、今もそうかもしれない」

「人生を壊すなんて……大げさすぎますよ」

「だが今朝の出来事で、それが現実になってしまったと思った。君の人生に傷をつけてしまったのではないか、と。実際には大したことはなかったようだが……」

今朝のことを思い出す。

花咲《はなさき》と俺がお泊まりデートをした。そんな噂《うわさ》を聞いて、生徒たちは俺を奇異の目で見てきた。彼らが何を思っていたかは手に取るようにわかる。なぜあの二人なんかが、と。

「それでも、学校での立場もあるだろう。君が俺なんかと付き合っていると思われれば、君のイメージが――」

「センパイ」

花咲《はなさき》は俺の言葉を遮る。

隣に座る花咲《はなさき》は、俺の手に自分の手を重ねていた。

「センパイが自分のことをどう思っているとしても……私にとってセンパイは、自慢の先輩であり、彼氏です」

「…………」

「げ、厳密にはまだ彼氏ではないですけどね？」

彼氏という響きに恥ずかしくなったのか、花咲《はなさき》は言葉を濁しながら目を逸《そ》らす。

それから頭をふるふると振ってリセットし、再び俺を見た。

「今日家に帰って、私は両親に謝りました。私のせいで迷惑をかけた、と。私もセンパイと同じで、本当にまずいことになったと思い込んでいたので」

「そこで、実際は大したことがないとわかったわけか」

「はい、とても安心しました。でも、そこでお母さんにこうも言われたんです。もし本当に何かあったとしても、私たちはいつでもあなたの味方だって。だから、もっと自由に生きてもいいんだって」

「…………」

「その言葉が、すごく心強かったんです。だから私も、センパイに同じことを言います」

花咲《はなさき》は俺の方に体を向けた。

俺も釣られて体を捻《ひね》り、対面させる。花咲《はなさき》は俺の両手を、小さな手で包みこんだ。

「センパイに何があっても、私はセンパイの味方です。だから、センパイはもっと自分に素直になってください。私にだけは甘えてほしいんです」

母さんにも言われたことがないような、俺のすべてを受け入れてくれているような言葉。

真《ま》っ直《す》ぐな目で見つめられ、俺は何も言えなくなる。

「私って、夢の中でセンパイにずっと甘え続けてますよね。抱きしめてもらったり、好きって言ってもらったり。なのにセンパイは私に甘えないなんて、不公平ですから」

「それは……」

「あ、年上だからとか、男の子だからとか、そういうのは無しですよ！　センパイとは対等でいたいですから」

そこまで言って花咲《はなさき》はぐっと距離を詰め、俺を上目遣いに見上げる。

「そうは言っても、現実ではなかなか難しいと思います。だから夢の中でくらいは……してほしいこと、言ってほしいこと、なんでも言ってください」

そう言われてみて——すぐに思い浮かんだことが一つあった。

ずっと抱え込んでいた。尋ねるべきではないと思っていた。

だが、気づけば言葉が口をついて出ていた。

「なら一つ……ずっと君に聞きたかったことがある。聞いてもいいだろうか」

「もちろんです。なんですか？」

「君は――俺のどこが好きなんだ？」

俺の問いかけに、花咲《はなさき》が意表を突かれたように目を見開いた。

言ってしまった。言わなかった方が良かったかもしれない、そんな思いも浮かぶ。

だが、一度決壊すると、俺の言葉は止まらなかった。

「君が俺を受け入れてくれているのは伝わってくる。夢でも現実でもそうだ。だが、それがなぜかわからない。信じられない。だから怖い。この関係も、君の想《おも》いも、すぐに壊れてしまうんじゃないかと」

言っているうちに声が震えていった。花咲《はなさき》の目を正面から見ることは出来なかった。

それでも、花咲《はなさき》は俺の言葉を、真剣な表情で受け止めてくれた。

「センパイは、そんな風に考えていたんですね」

「……すまない。情けないことを言って」

「いえ。言葉にしてこなかったのは私ですから」

花咲《はなさき》は俺にニコリと微笑《ほほえ》みかけると、立ち上がった。そして俺の前に来る。

「センパイの質問に答えます。でもちょっと恥ずかしいので、いつもの体勢でお願いします」

「ああ」

俺は膝を開き、花咲《はなさき》はその間に座った。そのままゆっくりと抱きしめる。

この体勢も久しぶりだ。花咲《はなさき》の家に泊まった時と同じシャンプーの香りがした。

「私はセンパイのすべてが好きです」

腰を落ち着かせて、花咲《はなさき》は語り始める。

「まず見た目です。ツリ目でキリッとしてて、お顔がカッコいいです。顔が近づくだけでもドキドキしちゃって……お泊まりの時だって、本当は体が熱いくらいだったんですよ？」

「……怖くて近寄りがたい、ではなく？」

「やっぱりそれも思い込みだと思うんです。確かにちょっと表情は硬いですが、私はずっと、整っていてカッコいいお顔だと思ってましたよ。……なんですか何か文句ありますか」

「いや……ありがとう」

母さんには怖いと言われ続けていた。

カッコいいなんて言われるのは初めてだし、思ったこともなかった。

「それに、体が大きいのも好きです。頼りがいがあるというか、安心感があって……実際、こうして抱きしめられると、すごく安心します」

「体が大きいのが、好きなポイント……？」

「いやいや。男の子の背が高いのって、一般的に見てもプラスポイントですよ？」

「……確かにそうだが」

体が大きいのも、周りを怖がらせる原因としか捉えていなかった。

母さんや陽葵《ひまり》がそれほど大きくないこともあり、母さんにはそう言われ続けていた。

「そしてもちろん、見た目だけじゃなくて内面もです」

花咲《はなさき》はさらに体重を俺にかけながら、なおも言葉を続ける。

「厳しくて、融通が利《き》かない。センパイは自分をそんな風に捉えているかもしれません。そんな言葉をかけられ続けていたのかもしれません」

「…………」

「でもその奥底には、相手を思いやる優しさがあります。相手のことを心から考えています」

「……当たり前のことだろう」

「そんなことないですよ。私はその優しさに惹《ひ》かれたんです。花咲《はなさき》夫婦の娘としてではなく、私自身を見てくれる、そう感じたんです。だから……そばにいてほしいと思ったんです」

花咲《はなさき》はそう言いながら、前に回した俺の腕に自らの頬を添える。

「でも、それが危うくもありました。自分のことを犠牲にしてしまう。だから、同じ生徒会の一員として支えたいとも思いました」

「…………」

「最初はそんなことを思っていたのに、センパイの優しさが嬉《うれ》しくて、センパイと過ごす時間が心地よくて……気づけばセンパイに恋していました。私がセンパイのことを想《おも》うのと同じくらい、センパイには私のことを想《おも》ってほしい、そう願っていました」

最後に、花咲《はなさき》は俺の腕の中で器用に体を捻《ひね》り、俺の方を見た。

「これでわかりましたか？　私は……どうしようもないくらい、センパイのことが大好きなんです」

「……ありがとう」

その言葉に、嘘《うそ》偽りがあるはずもなかった。

俺はさらに花咲《はなさき》を強く抱きしめ、花咲《はなさき》も満足げに体を密着させてくる。

「いまさらですけど、好きな理由を伝えるのって、けっこう恥ずかしいですね」

「……すまない」

「いいんです、それでセンパイが安心してくれるなら。でもその代わり……これからはまた、毎晩会ってくださいね。あ、もちろん夢だけじゃ嫌ですよ！　私は覚えてないんですからね！　夏休みはたくさんデートに行きますよ！」

「わかったわかった」

花咲《はなさき》は強く主張しながら、俺の首元に頭を擦《こす》り付《つ》けてくる。

体裁など何も気にせず、素直に甘えてくる。そんな感覚が心地よかった。

「そして、そんな愛《いと》しのセンパイにお願いがあります。今日の夢で、センパイはいろんなすれ違いを解消できました。でも、現実の私は何も覚えていないので、明日も不安なままなんです。

これって不公平じゃないですか？」

「それは……オーディションが終わってから――」

「ダメですよ！　そんな状態でオーディションに臨ませるつもりですか？　私は頑張ってるのに、センパイはそれでいいんですか？」

「……そう言われると弱るな」

さっきのお返しとばかりに、花咲《はなさき》は俺に無茶振りしてくる。これも花咲《はなさき》なりの甘え方だ。

「センパイにはオーディションの会場を教えます。現実の私を救ってくださいね、センパイ」

「……ああ、わかった」

花咲《はなさき》は微笑《ほほえ》んで、俺の耳にビルの住所と名前を囁《ささや》いた。夢の終わりが迫っていた。

花咲《はなさき》の温《ぬく》もり、そして花咲《はなさき》からのお願い。

その二つを抱えながら、俺は夢から覚めていった――。

＊

オーディションは午前からだった。

朝起きて、陽葵《ひまり》に「急用を思い出した」と伝え、急いで家を出た。服を選ぶ時間もなかったので、ひとまず制服のカッターシャツにした。

そうしてたどり着いたのは、立派なビルだった。プロダクション会社が持っているフロアがあり、オーディションはそこで行われるらしい。

しかし俺は、エントランスにあるソファーに座り、考えを巡らせていた。その理由は簡単である。

――オーディションが行われる階にたどり着けないのだ。

エレベーターは建物の奥の方にある。他の人たちを観察するに、その手前で入館手続きをしないとエレベーターに乗れない仕組みらしい。

考えてみれば当たり前だ。芸能人の安全を守るためにも、部外者が安易に入れるわけがない。

だが、夢の中ではそこまで頭が回っていなかった。

どうにか会えないかと花咲《はなさき》にLINEを送ってみたが、既読は一向につかなかった。オーディションに集中するため、スマホの電源を切っているのだろう。

ここまで来たのに、花咲《はなさき》に会うことは叶《かな》わないのか。そう諦めかけていたところで――。

「日下部《くさかべ》くん？」

突然名前を呼ばれ、顔を上げる。

声をかけてきたのは花咲《はなさき》の父親、大介《だいすけ》さんだった。スーツ姿の大介《だいすけ》さんに、俺は「お久しぶりです」と答えながら立ち上がる。

大介《だいすけ》さんは香純《かすみ》さんとともに、花咲《はなさき》が生徒会を辞めるかの面談で学校に来たことがあり、その時に話して以来だった。

相変わらず若く、穏やかな、それでいて身が引き締まるようなオーラを身に纏《まと》っている。

今日はおそらく、花咲《はなさき》のオーディションの付き添いで来たのだろう。

「久しぶりだね。だけど、ここで会うとは思ってなかったな。なぜ君がここに？」

「それは……」

大介《だいすけ》さんは俺を見て不思議そうに尋ねる。当然の疑問だった。

だが、大介《だいすけ》さんは夢のことも知っている。正直に話すしかない。

「昨夜の夢で、千春《ちはる》さんといろいろなことを話しました。そして最後に言われたんです。私は今も不安なままだから、オーディションが始まるまでに来てほしい、と」

「……不安、か。もう少し詳しく聞かせてもらってもいいかな」

大介《だいすけ》さんは穏やかに、しかし真剣な声で俺に尋ねる。

「昨日の終業式の朝に起こったことは千春《ちはる》さんから聞きましたか？」

「朝……聞いてないかな。例のニュース関連のこと？」

「はい」

俺は大介《だいすけ》さんに、昨日の朝、野口《のぐち》との間で起こったことを話した。

生徒会での騒動もあり、大介《だいすけ》さんは野口《のぐち》のことを認識していた。花咲《はなさき》夫婦の大ファンで、花《はな》咲《さき》のことも応援していて、少し思い込みが激しい子だ、と。

「なるほどそんなことが。だから千春《ちはる》も、僕たちにニュースを報告する時、あんなに怯《おび》えてたんだね」

「そうですね。お二人に迷惑をかけたのでは、と心配していました」

「それは大丈夫だったわけだけど……今千春《ちはる》が抱えている不安というのは、君との関係だね」

花咲《はなさき》の父親にそう言われるのはこそばゆいが、俺は首を縦に振る。

「昨夜、僕たちは夢の中で話し合いました。その内容は……まあ、いろいろありまして」

「あはは、無理して言わなくてもいいよ」

「ありがとうございます。ですが千春《ちはる》さんのおかげで、僕の方は随分と気が楽になりました。しかしそれを、現実の千春《ちはる》さんは知りません」

「だから、オーディションの前にそれを解消したい、と」

「はい、そう頼まれました」

俺は大介《だいすけ》さんの目をまっすぐに見つめる。

すると、大介《だいすけ》さんは口元を緩めた。

「そっかそっか。しかし困るなあ。この場所も夢で千春《ちはる》から聞いたんだよね？」

「そうですけど……困るというのは？」

「オーディションの場所なんて本来他の人に言っちゃダメだから、千春《ちはる》を叱らなきゃいけない。だけど夢の中のことじゃ、現実の千春《ちはる》にその記憶はないからね」

「……すみません」

「いいよいいよ、僕が君を呼んだことにしよう。ついてきて」

大介《だいすけ》さんは苦笑いしながら歩き始め、俺もそれに続いた。

すでに大介《だいすけ》さんが入館手続きを終えていたので、俺たちは難なくエレベーターに乗ることが出来た。やがてオーディションの階に着く。

しばらく廊下を歩いた先には……香純《かすみ》さんがいた。香純《かすみ》さんは俺たちに目をやる。

何を言われるかと思ったが、香純《かすみ》さんは俺に対し、柔らかな表情で軽く会釈《えしゃく》した。

「あなた、そちらの方は？」

「あはは、カッターシャツだと社会人に見えるよね。いつかの生徒会長くんだよ」

「え？」

「お久しぶりです。千春《ちはる》さんにはいつもお世話になっております」

俺は香純《かすみ》さんに対して深く腰を折り、礼をする。

香純《かすみ》さんは一瞬目を丸くしたが、すぐに表情が険しくなり――その矛先は大介《だいすけ》さんに向いた。

「あなた、説明してもらえるかしら？」

「千春《ちはる》に会ってもらおうと思ってね」

「まさかあなたが呼んだの？　大事なオーディションの直前なのよ？」

「いやいや、夢の中で千春《ちはる》に言われたそうだよ。心の不安を取り除くために、オーディションの前に会いたいって」

「……っ」

その言葉を聞いて、香純《かすみ》さんが口をつぐんだ。

花咲《はなさき》夫婦の縁を繋《つな》いだのは、俺たちと同じ御守《おまも》りだった。やはり香純《かすみ》さんも夢のことを知っている。

「お願いします。千春《ちはる》さんに会わせてください」

ごまかしは利《き》かない。俺は率直にそう頼んだ。

香純《かすみ》さんは困ったように俺を見つめたが、やがて迷いがちに、大介《だいすけ》さんに意見を求めた。

「あなたはどう思ってるの？」

「日下部《くさかべ》くんからはさっき詳しい話を聞いたし、確信できたよ。日下部《くさかべ》くんと今話すことは、千春《ちはる》にとって必ず良《い》い方向に働くってね」

「でも……」

「僕を信じて」

そう言い切り、穏やかに微笑《ほほえ》む大介《だいすけ》さん。その言葉には不思議な凄《すご》みがあった。

香純《かすみ》さんはじっと大介《だいすけ》さんの目を見つめていたが、やがて小さく息を吐く。

「……あなたがそこまで言うなら仕方ないわね。千春《ちはる》はそっちの控室にいるわ。千春《ちはる》の順番は最後だから、今は一人のはずよ」

「ありがとうございます」

「あなた、案内してあげて。私は用事があるから」

「うん、わかった」

香純《かすみ》さんはただそう言って、踵《きびす》を返《かえ》しスタスタと歩いていく。

大介《だいすけ》さんの言葉を信じただけで、俺を信頼したわけではない……そう伝えるための態度かもしれない。

「大丈夫だよ。ああ見えて、香純《かすみ》は君のことを認めてるから」

「……そうなんですか？」

「わかりづらいよね。ま、僕にはわかるからいいんだけどさ」

大介《だいすけ》さんはニコニコしながら言う。相変わらず、二人だけに通じるものがあるらしい。

そして俺は、花咲《はなさき》に集中していた。

花咲《はなさき》を勇気づけるだとか、演技のパフォーマンスを上げるだとか、そんな大層なことをしようとは思っていない。

ただ、自分の想《おも》いをぶつけるだけだ。

「部屋はここだよ。もう数分で順番が回ってくるけど……君なら大丈夫か。千春《ちはる》を頼むよ」

「はい」

短い時間のコミュニケーションは、とっくに夢で慣れている。

大介《だいすけ》さんの声を背中に受けながら、俺はノックとともに控室の扉を開けた。

＊

「……先輩？」

俺が部屋に入ると、奥の椅子に座っていた花咲《はなさき》が顔を上げた。

役柄に合わせた清楚《せいそ》な服装を身に纏《まと》っていた。

「どうして先輩がここに……」

「時間もないし、そういう説明は後にさせてほしい。俺がここに来たのは、君が万全の状態でオーディションに臨めるようにするためだ」

「……っ」

二人きりの空間だが、いつもの小悪魔な態度をとる余裕はないようだった。

俺が花咲《はなさき》の前に立つと、花咲《はなさき》は不安げに俺を見つめる。

「陽葵《ひまり》から聞いた。昨日の朝のことで、君が心を痛めていると。俺が周りに否定されたのをそのままにしてしまったから……だよな」

「それは……」

「だが、俺がそんなことを気にするはずがない。むしろ謝るのは俺の方だ」

花咲《はなさき》の目を見つめてそう言った後、俺は腰を折った。

「あの時は俺も、大事になってしまったと思い、自暴自棄になっていた。いつも以上に自分を卑下し、君には言いたくないようなことも言わせてしまった」

「そんな……」

「だが、俺はもう大丈夫だ。君が心配していたようなことは一切ないし、すでに立ち直った。だから、君は安心してオーディションに臨んでほしい」

伝えるべきことを、俺は端的に伝えた。

今まで俺たちは、何度もすれ違ってきた。だからこそ、これで十分だと思った。

その予想通り、俺が顔を上げた時には、花咲《はなさき》はすでに頬を緩めていた。

「……センパイってば、そんなことを言いにここまで来たんですか？」

「迷惑だったか？」

「いえ、嬉《うれ》しいです。それに、とても安心しました」

花咲《はなさき》はそう言いながら、隣の椅子の座面をポンポンと手で叩《たた》いた。

促されるまま、俺は花咲《はなさき》の隣に座る。

「次センパイに会ったら言おうって思ってたことがたくさんあったのに、全部先回りして言われちゃいました。ズルいですよこんなの」

「すまない……でいいのか？」

「ええ、悪いのはセンパイです。そもそも急に現れるなんて、心臓に悪すぎますよ〜！」

さっきまでの緊迫感とは一転、花咲《はなさき》は声を弾ませながら言う。

俺との会話で不安が拭えたから、と解釈することもできるが、それでもその急変ぶりには違和感があった。

だから俺は——椅子に乗っていた花咲《はなさき》の手に自分の手を重ね、握った。

夢の中で花咲《はなさき》がそうしてくれたように。

「先輩……？」

「緊張しているのだろう。無理に明るく振る舞わなくてもいい」

「……センパイにはお見通しなんですね」

花咲《はなさき》はうつむきがちになり、声のトーンを落とす。

「オーディション、本当は不安なんです」

「初めてなのだし、当然だろう」

「それもありますけど……今日は両親も来ていますし、審査員の中には両親と顔馴染《かおなじ》みの人もいるらしいです。必然的にお母さんと比べられますから」

俺が包んだ花咲《はなさき》の手からは、かすかな震えが伝わってきた。

——花咲《はなさき》はずっと、両親と自分の差を気にしていた。花咲《はなさき》が見てきた世界は俺にはわからないし、完全に共感してあげることはできない。

だが、こういう時にどんな言葉をかければいいのか、俺は今までの経験から理解していた。

「演技については俺は素人《しろうと》だから、アドバイスできるようなことはなにもない。だがそれでも、何度でも伝えたいことがある」

「………………」

「君はとても魅力的な人間だ。決して香純《かすみ》さんのようにならなくてもいい」

花咲《はなさき》は顔を上げ、俺の方を見る。

「君の演技が香純《かすみ》さんと比べてどうかなんて、俺にはわからない。だが、俺の前で見せる君の演技は――まるでその世界に引き込まれるような、そんな錯覚すら感じるものだった。それこそ、君の磨いてきたものなのだろう」

「なるほど……センパイ以外の前では、お母さんみたいに演技しないといけないっていう意識が強すぎたのかもしれませんね」

「かもしれないな。だが、花咲《はなさき》夫婦がどうこう以前に、君は君だ」

重ねた手に力が入った。

「もし君が花咲《はなさき》夫婦の娘ではなかったとしても、きっと俺は君のことを……」

そこまで言って、俺は言葉を止めた。そして途端に我に返る。

――俺は今、いったい何を言おうとしたのだろうか。

思わず出かかった言葉を頭に思い描き、体が熱くなる。

「君のことを、何ですか？」

「っ、いや……」

花咲《はなさき》は少し口角を上げながら俺の目を覗《のぞ》き込み、俺は目をそらす。

しかしその時、ノックとともに扉が開き、スタッフの「花咲千春《はなさきちはる》さん、お願いします」という声が部屋に響いた。

俺にとっては助け舟だと感じた。花咲《はなさき》は「はい」と返事をし、立ち上がる。

「センパイ、ありがとうございます。おかげさまで気が楽になりました」

「それならよかった」

「あと、少し思うこともありますので……今日のオーディションは、ちょっとだけわがままになってみようと思います」

「わがままに？」

「はい。オーディションが終わるまで待っていてくださいね」

そう言って花咲《はなさき》は俺に微笑《ほほえ》みかける。

もう大丈夫だ、俺はそう思った。きっと花咲《はなさき》は、今できる最高のパフォーマンスを披露してくれるだろう。

俺はそう安心した、のだが……。

「さっきの言葉の続きはその時にお願いしますね、センパ～イ？」

「――っ！」

油断していたところに、花咲《はなさき》はからかうような口調でにんまりと微笑《ほほえ》んだ。

二人きりのときの小悪魔モード。完全に本調子に戻ったらしい。

花咲《はなさき》は調子よく手を振りながら部屋を出て、俺は取り残される。そのまま数秒、大きく深呼吸した後……一人つぶやいた。

「言葉の続き、か」

花咲《はなさき》の言葉を思い出し――来たるべき時に向け、俺は覚悟を決めるのだった。

＊

オーディションは収録スタジオのような場所で行われた。

カメラやグリーンバック、マイクが整備された撮影部屋があり、隣にはガラス越しに撮影部屋を一望できる部屋がある。

審査員はそちらの部屋で、撮影された映像も見ながら演者に点数をつけていくらしい。

もちろん俺が現場に居合わせることは出来ず、ちらりとスタジオの様子を覗《のぞ》けただけ。

だが、香純《かすみ》さんと大介《だいすけ》さんは関係者としてなのか、ガラス越しに花咲《はなさき》の演技を見守ったようだった。

「みなさんお疲れ様です」

オーディションが終わり、三人が部屋から出てくると、俺は労《ねぎら》いの言葉をかけた。

「先輩、ありがとうございます」

「うん、無事に終わってよかったよ。千春《ちはる》もちゃんと力を出せたと思うしね」

オーディションが無事に終わりホッとした様子の花咲《はなさき》、いつも通り穏やかな表情の大介《だいすけ》さん。

しかしその横で、香純《かすみ》さんだけは――険しい表情を浮かべていた。

「本当にそうかしら。私たちが教えた演技とはまるで違うように見えたけれど」

「……っ、すみません……」

責めるような厳しい口調に、花咲《はなさき》の表情も弱々しくなる。

だが、大介《だいすけ》さんは落ち着かせるように言う。

「ちょっと香純《かすみ》、言い過ぎだよ。それに、さっき一緒に言ってたじゃん。それが気にならなくなるくらいに良《い》いところがあったって」

「まあ、そうね。今日の演技は――今まで見た中で一番、没頭していた」

「うんうん。僕もそれは感じたね」

「そうでしたか……そこは意識的に変えたところだったので、安心しました」

香純《かすみ》さんから好意的な評価を引き出し、花咲《はなさき》は胸を撫《な》で下《お》ろす。

「控室で先輩の話を聞いて、演技に臨む意識を少し変えてみたんです」

「……俺の話？」

「はい。先輩が言っていた通りで、生徒会室などで先輩に見てもらう時は、自然な演技ができている自覚がありました。だけど他の人の前だとなぜかうまくできなくて……なんでだろうって考えたんです」

そういえば、寺西《てらにし》に来てもらった時もそうだった。

どこか演技に硬さがあり、寺西《てらにし》は緊張のせいじゃないかと指摘していた。

「先輩の話を聞いて思ったんです。もしかすると、お母さんのことを意識しすぎて、演技に雑念が入ってしまっているんじゃないかと。特に養成所でのレッスンは、お母さんと比べられることを常に意識して、なんとか寄せようとしていました」

「千春《ちはる》……」

香純《かすみ》さんと大介《だいすけ》さんは、花咲《はなさき》の話を真剣に聞いていた。

花咲《はなさき》がずっと感じていた、香純《かすみ》さんと比較されることへのプレッシャー。このことを両親に話したのは初めてなのかもしれない。

「だから今回、それも忘れるくらい、台本に書かれた世界に入り込んでみたんです。思い返してみると、先輩の前で演技する時は、いつもそういう感覚でやっていたので」

「……すごいな」

花咲《はなさき》の話を聞いて、思わず感嘆の声が漏れた。

確かに花咲《はなさき》の演技には、周りを自分色の世界に塗り替えてしまうような力を感じていた。

それはきっと、花咲《はなさき》がその世界に没頭し、その役に入り込んでいたからこそなのだろう。

「申し訳ありません。つきっきりで指導してもらったのに、このような形になってしまって」

改めて、花咲《はなさき》は両親に向けて頭を下げる。

「教えてもらったとおりに演じた方がいいのはわかっていたのですが……初めてのオーディションということもあって、ちょっとだけ、自由にさせてもらいました」

これが、花咲《はなさき》のわがままだった。花咲《はなさき》は清々《すがすが》しい表情で顔を上げる。

花咲《はなさき》の言葉を聞き届けた大介《だいすけ》さんは、優しい目を浮かべて微笑《ほほえ》む。

「いいんだよ。この役をどう演じたいのかを見せるのがオーディションの場だと、それを決めるのは千春《ちはる》なんだから」

「ちょっとあなた、甘やかし過ぎじゃないかしら」

「でも、ちゃんと僕らが教えたことは無意識に使えてたよ。僕らのアドバイスをうまく消化してくれてたんじゃないかな。それに……」

大介《だいすけ》さんは顎に手を当てながら、花咲《はなさき》と香純《かすみ》さんとを見比べる。

「僕も無意識に、千春《ちはる》は香純《かすみ》のやり方を受け継ぐのがいいと思ってた。でも、千春《ちはる》には千春《ちはる》にあったやり方があるかもしれない。没頭……香純《かすみ》とは全然違うけど、それが千春《ちはる》のスタイルなのかもね」

「……そうね」

大介《だいすけ》さんの言葉を聞き、香純《かすみ》さんはじっと花咲《はなさき》を見つめる。

そして最後には一つ、小さく息を吐いた。

「にしても、なんで本番でいきなりやるのよ。練習の時に見せてくれたらよかったのに」

「それは……すみません」

「まあまあ、これ以上の反省会は帰ってからにしよう。今は日下部《くさかべ》くんもいるしね」

「そうね。今はひとまず、お疲れ様。初めてとしては上出来だったし、千春《ちはる》の新しい可能性が見えたわ。またいろいろと考えましょう」

「ありがとうございます」

花咲《はなさき》の表情が明るくなり、静かに声を弾ませる。

花咲《はなさき》はわがままだなんて表現していたが、これでよかったのだと思う。

「やっぱり僕の予想通り、いい方向に転んだね。日下部《くさかべ》くんもありがとう」

「いえ、僕は何もしていませんから」

「それはどうかなぁ」

大介《だいすけ》さんはニコニコしながら、俺と花咲《はなさき》を交互に見る。

「日下部《くさかべ》くんにはせっかく来てもらったんだし、さっきの時間じゃ短すぎたでしょ。まだ何か話があるんじゃない？」

「「……！」」

大介《だいすけ》さんは俺たちに向けて優しく微笑《ほほえ》む。

まるで、すべてを見透かされているような感じがした。

「ありがとうございます。お言葉に甘えて、二人で話させていただけませんか？」

「もちろん。さっきの控室はしばらく片付けが入らないらしいから、そこで」

モジモジしている花咲《はなさき》に代わり、俺は大介《だいすけ》さんと話を進め、俺は花咲《はなさき》を控室に促した。

香純《かすみ》さんは何も言わず、静かに俺たちを見守っていた。

＊

「まずは、オーディションが無事に終わってよかった。お疲れ様」

控室に入り、扉を閉めたところで、俺はそう切り出した。

向かい合った花咲《はなさき》は俺を見て、大きく深呼吸すると……ぐだっと前屈《まえかが》みに姿勢を崩した。

「疲れましたぁ～～」

先ほどまでの様子からは想像もつかない、へなへなとした気の抜けた声。

決して両親の前では見せない姿だ。

「相変わらず、両親に対しては硬いのだな」

「それ以前にここはスタジオですしね。将来一緒にお仕事をする人が通るかもですから」

さすがは花咲《はなさき》だ。そのあたりはしっかりと未来を見据えた上で行動している。

それでもやはり、オーディションが終わって緊張が解けたのか、今は最初からリラックスしたモードだ。

「っていうかいまさらですけど、センパイがここに現れた時はびっくりしましたよ」

「ああ、驚かせてすまないな」

「お父さんに聞きました。私の緊張を解くために、わざわざお父さんが呼んだんですよね。っていうかいつの間に連絡先を交換してたんですか」

「まあ……いろいろあってな」

大介《だいすけ》さんがそういう風に話を合わせてくれていたらしい。

夢で聞いたとは言えないので、俺としても助かるところだ。

「しかし、驚いたというのなら俺もだ。まさか俺の言葉で君が演技を変えるとは」

「ありがとうございます。おかげさまで納得できる演技ができました」

「いや、感謝には及ばない。すべて君の実力だ」

俺は本心を伝えたが、花咲《はなさき》は首をゆっくりと振った。

「それでもです。あの時センパイが来てくれたから、ああ言ってくれたから、私は実力を出せたんです」

「なら良かったのだが」

すると花咲《はなさき》は微笑《ほほえ》み、少し潤んだような目で俺を上目遣いに見上げる。

「やっぱり私には――センパイがいないとダメみたいです」

「……っ」

その言葉には、なんとも甘美な響きがあった。花咲《はなさき》はいじらしく頬を染めながら言う。

「私たちは二人で一つ、いつもそう言ってましたよね」

「……センパイには私がいないとダメなんですから、の方がよく聞いた気がするな」

「もう、意地悪言わないでください。あんなの照れ隠しに決まってるじゃないですか」

照れ隠し。現実でここまで直接的な表現を使われたのは初めてだと思う。

――花咲《はなさき》は、夢の中かと思うくらいに素直だった。

オーディションが終わったことによる解放感ゆえか。あるいは……。

「とにかく、私にはセンパイが必要なんです。だから……もし私が女優になれたとしても、生徒会は絶対に辞めません。センパイにはずっと一緒にいてほしいです」

「………」

「これが私の気持ちです。センパイは……どうですか？」

二人きりの時の煽《あお》るような小悪魔ムーブではない、思い詰めたように俺を見つめる姿。微《かす》かに乱れる吐息。そして部屋に張り詰める緊張感。

その問いかけも、この雰囲気さえも、花咲《はなさき》なりのお膳立てのように感じた。

花咲《はなさき》が今待っているのは――先ほどの言葉の続きだ。

「伝えたいことは山のようにある。そのすべては、一言では到底収まりそうもない」

花咲《はなさき》に応えるように、俺は口を開く。

――オーディションを待っている間、俺は今までのことを振り返っていた。

真っ先に思い出したのは、あの夢を見始めて三日目の出来事だ。

あの時、夢で花咲《はなさき》にお願いされ、俺は生徒会室で告白しようと試みた。しかし、俺に振られると勘違いした花咲《はなさき》が、むしろ俺を振るような形で言葉を遮ってしまった。

お互いのことをまだ理解できていない。そう認識した俺たちは、夢の中で約束を交わし――少しずつ、一歩ずつ、お互いに理解を深めていった。

その過程はすべて――この瞬間を迎えるためにあったのだ。

「だがまずは――俺が君のことをどう思っているのかを、君に伝えたいと思う」

花咲《はなさき》は俺の目をじっと見つめ、ゴクリと唾を飲み込んだ。オーディション前より緊張しているようにも見える。

だが、不思議と俺の心は落ち着いていた。来たるべき時が来た、そんな感覚だった。

「俺は、君のことが――」

拳を軽く握り、今まさに、決定的な言葉を伝えようとした……。

その時だった。


ドターーン!!


突然、部屋の入口の方から大きな音がした。俺たちは咄嗟《とっさ》に顔を向ける。

するとそこでは――香純《かすみ》さんが、床に突っ伏して倒れていた。よく見れば香純《かすみ》さんは右手に、上の方が広くなっている円柱型のコップを持っていた。

どこから持ってきたのかはわからないが……耳に当てて扉越しの音を聞こうとしていたことは容易に想像できた。

その拍子に扉に体重をかけてしまい、こうして倒れ込んできてしまったのだろうか。

「――っ!?」

「……お母さん?」

花咲《はなさき》が声を震わせながら、つぶやくように言う。

ぐでっと顔から床に突っ伏していた香純《かすみ》さんは、ゆっくりと起き上がり、服についた埃《ほこり》を手で払った。

その表情はいつも通りで、まるで何事もなかったかのように凛々《りり》しかった。

「……盗み聞き、してたんですか？」

「…………」

呆然《ぼうぜん》としながらも、確信したような口調で尋ねる花咲《はなさき》。当然の追及だ。

対して香純《かすみ》さんは、それはそれはキリリとした表情で花咲《はなさき》を見つめる。

だが、言葉は発さない。何も思いつかないのかもしれない。

そうして見つめ合うこと数秒間……ついに香純《かすみ》さんが口を開いた。

「……千春《ちはる》、これは違うの」

「何が違うんですかっ!!　こんなのひどいです!!」

花咲《はなさき》は突き刺すように鋭く叫び、香純《かすみ》さんの体がビクッと跳ねる。

その声には、爆発するような感情が乗っていた。

「花咲《はなさき》、少し落ち着いて――」

「これが落ち着いていられますか!!　私たちのすっごく大事な瞬間を盗み聞きされてたんですよ!!　最低です!!」

怒りなのか恥じらいなのか、とにかく花咲《はなさき》の感情は止まらない。

その目には涙さえも浮かんでいた。

「お母さんなんて大っ嫌いですっ!!」

最後に花咲《はなさき》は涙目ながらもピシャリとそう言い切り、早足で部屋を出ていった。勢いよく扉がバタンと閉まる。

取り残された香純《かすみ》さんは、なおも表情を変えず、花咲《はなさき》が出ていった扉を見つめていた。

「…………」

「…………」

気まずい。なんと声をかけていいかわからず、俺は立ちすくむ。

やがて、香純《かすみ》さんは俺に顔を向けた。

「親の心子知らず、とはまさにこのことね。あなたもそう思わない？　思うわよね？」

「……そう、ですね」

「ふっ……千春《ちはる》もまだまだ子どもね」

最後にそう言い残し、終始凛々《りり》しい表情を崩さないまま、香純《かすみ》さんは部屋を出ていった。

それからすぐ、入れ違いで大介《だいすけ》さんが入ってくる。

「なんだか大変だったね。大丈夫だったかい？」

「いえ、僕は大丈夫です」

「ちょっと離れた場所にいたんだけど、香純《かすみ》が倒れた音も千春《ちはる》の声もそこまで聞こえてきたよ。

それにしても……」

香純《かすみ》さんが歩いていった方を見ながら、大介《だいすけ》さんはしみじみとつぶやく。

「部屋を出ていった時の香純《かすみ》……悲しい……本当に悲しい背中だったね」

「ずっと平然としているようにも見えましたが……」

「いやいや、かなり落ち込んでるよあれは。今までずっと千春《ちはる》はいい子だったし、香純《かすみ》のことを尊敬してたし。大っ嫌いなんて言われたのは……小学生の時、買って帰るって約束してたプリンを買い忘れた時以来じゃないかな」

「……なるほど」

「いやはや、久々にやらかしたね～。今回のことは完全に自業自得《じごうじとく》なんだけど」

花咲《はなさき》の微笑《ほほえ》ましいエピソードはともかくとして、やはり二人だけにわかる世界があるらしい。

大介《だいすけ》さんは苦笑いしながら俺に謝る。

「ごめんね、香純《かすみ》を止められなくて。『誰かが入らないように扉の前で見張っておくわ』って言ってたから、そのまま任せたんだけど、まさか盗み聞きしてたとは。にしても、それでコケちゃうなんてドジすぎるよね。そういうところも可愛《かわい》いんだけどさ」

「はあ……」

「これで香純《かすみ》も懲りるだろうね。最近は調子に乗りすぎだったよ。昨日なんて、『今日の私、すごく母親っぽかったわよね？　ね？』とか言って得意げにしてたし」

「それ、僕に言っていいんですか？」

「うーん、言わない方が良かったかも」

ニコニコとしている大介《だいすけ》さん。本当に大丈夫なのだろうか。

「ま、香純《かすみ》と千春《ちはる》のケアは僕に任せてもらうとして」

大介《だいすけ》さんは笑いながらそう言うと──どこか探るような目で俺を見た。

「最後、千春《ちはる》のあんなに感情的な姿は初めて見たな。君の前ではいつもそう？」

「はい。学校でもみんなの前ではお淑《しと》やかですが、二人きりのときは別です。夢の中では特にそうですね」

「あはは、さすがにちょっと嫉妬しちゃうな。きっと君から見た千春《ちはる》は、僕から見た香純《かすみ》みたいに可愛《かわい》いんだろうね」

「……それはどうかわかりませんが、千春《ちはる》さんがとても可愛《かわい》いのは確かです」

「ふふふ、言ってくれるね」

大介《だいすけ》さんは微笑《ほほえ》みながら、ポケットからスマホを取り出した。

「今日は僕が君を呼んだことになってるからね、連絡先を交換しておこう。このことは誰にも教えちゃダメだよ？」

「もちろんです」

「それじゃあ、これからも千春《ちはる》をよろしくね」

「……はい！」

大介《だいすけ》さんの目を見て、俺は力強く返事をした。

エピローグ Epilogue

その日の夜も、いつも通りの夢を見た。

俺が布団《ふとん》を整えて待っていたところにパジャマ姿の花咲《はなさき》が現れ、「うっ」と頭を抱えてうずくまる。

その後の行動は日によってまちまちで、今日はどうなるのかと思ったのだが……花咲《はなさき》は、スッと立ち上がった。

「あの時言おうとしてたこと、今言ってください」

「……ああ、わかった」

有無を言わせない、力強い言葉。俺はその要求に応える。

現実でそうだったのと同じように、お互いの目をまっすぐに見つめて。

「俺は、君のことが好きだ。俺と付き合ってほしい」

「私もセンパイが好きです。こちらこそ、よろしくお願いします」

あの時は実現しなかった、香純《かすみ》さんが入ってこなければ実現していたであろうやり取り。夢の中ではお互いあっさりと言えた。

そうして甘い空気が流れ、花咲《はなさき》は嬉《うれ》しそうに微笑《ほほえ》み……その直後。

「ってなるはずだったのにぃ～～～!! お母さんのバカバカバカバカ!!!!」

「落ち着け落ち着け」

花咲《はなさき》は距離を詰め、俺の胸をポカポカと叩《たた》いてきた。まったく痛くはないのだが。

「あとちょっと！　ホントにあとちょっとだったんですよ！」

「ああ、そうだな」

「もうゴールインだったじゃないですか‼　ハワイにハネムーンだったじゃないですか‼」

「それは飛躍しすぎだ」

俺は花咲《はなさき》の腕を摑《つか》み、その動きを止めた。

花咲《はなさき》が俺の顔を見上げる。頰を膨らませ、完全に拗《す》ねていた。

「香純《かすみ》さんとは仲直りできたか？」

「……まだ口を利《き》いていません。お母さんが謝るまで許しませんから」

「そうか……」

「お母さんってば、でたらめ記事の情報元にクレームを入れた功績をアピールしてくるんですよ。記事を書いた人はこっぴどく叱られたとか何とか」

「まあ、それは良かったんじゃないか」

「でも、それとこれとは別問題です」

大介《だいすけ》さんの心労は心配だが、これは花咲《はなさき》家の問題だ。これ以上何も言うまい。

俺はベッドに腰掛けた。すると花咲《はなさき》は何も言わないまま、すかさず膝の間に座り込んできた。

左腕で花咲《はなさき》を抱きしめ、右手で髪を梳《す》いていく。このルーティンもしばらくぶりだ。

「現実の君には、あの時俺が何を言おうとしたのか伝わっただろうか」

「もちろんです。じゃないとあんなに怒りませんし」

「そうだな。やっと俺たちの想《おも》いは通じたわけか」

「……はい。現実でも両想《おも》いですね」

花咲《はなさき》はしみじみとそうつぶやき、俺に体を預けてくる。

「告白こそできなかったものの、お互い想《おも》いは通じているわけだ。なら、次に会った時に交際を申し込めば――」

「ダメですよ！　適当に考えないでください！」

花咲《はなさき》は抗議しながら俺の膝をペシペシと叩《たた》く。

「私たちが付き合う瞬間っていうのは、人生で一回しかないんです。つまり、すっごく大事なんです！」

「なるほど、そういうものか」

「こうなったら、とびっきりのシチュエーションで告白してもらわないとですよ」

「……それは大変だな」

「ええ。一生忘れられないような告白をお願いしますね？」

無茶なことを言いながら、花咲《はなさき》はいたずらっぽく笑う。

それから、花咲《はなさき》は立ち上がった。

「センパイ、そこに寝転んでください」

「寝転ぶ？」

「現実の私たちが次のステップに進んだんですから、夢の私たちもステップアップです」

言われた通り、俺は普段寝るときのように横になった。

すると花咲《はなさき》は、同じく俺の横に入りこんできて、布団《ふとん》を被《かぶ》る。

「ふっふっふ。この前の再現ですよ？」

「……シングルベッドだから狭いぞ」

「いいんです、その分距離が縮まってお得ですから。こっちを向いてください」

俺は壁際《かべぎわ》まで体を寄せた後、花咲《はなさき》の方に体を向ける。花咲《はなさき》も同じ体勢でこちらを見ていた。

あの時よりも近くに、花咲《はなさき》の顔がやってきた。その美しい瞳に自然と視線が吸い込まれる。

「実はあの時の私、すっごくドキドキしてたんですよ」

「現実では夢での記憶がないからな」

「そうですよ。まさか夢の中ではハグまでやってるなんて思わないですもん」

花咲《はなさき》はそこまで言って、ニヤリと口角を上げた。

「夢では、現実でやったことまでしかしない。そういう約束でしたよね？」

「ああ、そうだ」

「じゃあ、添い寝はもうOKです。そして、ハグは最初の夢からずっとやっています。それなら……添い寝しながらハグはどうですか？」

「なっ……」

花咲《はなさき》はニヤニヤと俺を見たまま、腕を広げた。まるで俺を誘うように。

「いや、それはダメだろう」

「……センパイの意地悪」

「………」

「………」

「……と思ったが、ギリギリセーフだな」

「えへへ、そう言ってくれるセンパイが好きです」

懇願するように見つめられ、俺は折れた。目で訴えかけてくるのは本当にズルいと思う。

「お願いします、センパイ」

「ああ」

そう言いながら俺の方に近づいてきた花咲《はなさき》を、俺はそっと抱きしめた。

——温かさを感じる。胸と胸が密着する。

すると、あることに気がついた。

「心臓、バクバク鳴ってるぞ」

「……なんでそういうこと言っちゃうんですか。そこは気づかないふりをするところですよ」

「ふふっ、すまない」

「笑わないでください。すぐに慣れますから。余裕ですから」

「わかったわかった」

花咲《はなさき》は頬を赤く染めながら、可愛《かわい》らしいことを言う。自分から要求してきたのに、いざやってみれば照れてしまったらしい。

そんな花咲《はなさき》が愛おしくて、俺も抱きしめる腕の力が強くなった。

「好きだ、花咲《はなさき》」

「……私もですよ、センパイ」

俺たちはお互いの目を見て、改めて想《おも》いを伝え合った。自然と体の力が抜ける。

──温かい。体温だけではなく、心までも満たされていく心地がした。

「これまでも、これからも、私たちは二人で一つです」

「ああ」

「理想の告白が実現するまで、そしてもちろん付き合ってからも……よろしくお願いしますね、センパイ」

「……こちらこそ」

鼻腔《びこう》をくすぐるシャンプーの香りに、花咲《はなさき》の甘ったるい声に、布越しに伝わる柔らかな感触に、脳が溶けそうになっていく。

──花咲《はなさき》を満足させられるような告白ができるのか。その先も、花咲《はなさき》のことを支えられるのか、幸せにできるのか。

まだすべてが終わったわけではないし、待ち受ける課題も少なくない。

だが……花咲《はなさき》と一緒なら乗り越えられる、そんな確信があった。

だから今は、この幸せを決して逃さないように──俺は力強く花咲《はなさき》を抱きしめた。

（了）

あとがき

違う！　違うんです！　僕はとっても健全なラブコメを書いていたのに！

たん旦《たん》さんが一巻のカバーイラストであんなにえっちな千春《ちはる》を描くから！　描くからぁ？

うわあああああああぁぁぁぁぁぁ⁇


……失礼、取り乱しました。皆様お久しぶりです、片沼《かたぬま》ほとりです。

一巻の発売から九ヶ月、大変長らくお待たせしてしまいましたが、こうして無事「こあゆめ」の二巻をお届けすることが出来ました。いかがだったでしょうか。

一巻のストーリーがあったからこそ表現できる、可愛《かわい》さ、面白さ、そしてえっちさ。すべてをパワーアップさせてお届けできたのではと自負しております。

……いやね、一巻のカバーイラストを見た時にはひっくり返りましたよ。弁解しておくと、詳細な服装は僕からオーダーしていません。たん旦《たん》さんの創造性の賜物《たまもの》です。

さらに一巻発売日の翌日、二〇二四年八月一〇日にたん旦《たん》さんがXに上げてくださった発売記念描き下ろしイラストも見てください。「ベビードールが現実じゃないと錯覚していた？」でググると一番上に出てきます。

たん旦《たん》さんが生み出したこの二枚のイラストによって、千春《ちはる》の新たな一面が表れました。

こんなものを見せられたら――第二章のあのシーンを書くしかないじゃないですか！　皆様もそう思いますよね？　やっぱりそうですよね～！

僕の手元にはまだ届いていませんが、きっと今回の口絵でも、一巻の表紙以上にえっちな千《ち》春《はる》を皆様にお届けできたことでしょう。

僕以外の方の力も大いに借りながら、作品は進化していきます。ありがたい限りです。

そして、僕以外の力を借りたものといえばですよ！

なんと本作のコミカライズが「電撃だいおうじ」にて連載中です！

そしてこのコミカライズが本当に、本当にすごいんです！

漫画家のときぁさんは、ふと読んでみた「こあゆめ」の一巻が面白くて、読んだその日に担当さんに「これのコミカライズやれませんか？」と掛け合ってくださったそうです。こうした漫画家さんからのラブコールによるコミカライズ実現は業界でもかなり珍しいのだとか。

そんなときぁさんの漫画は、絵が超絶可愛《かわい》い……だけではありません。

「こあゆめ」の面白さを最大限に活《い》かせるよう、構成を工夫し、素晴らしいアレンジで漫画に落とし込んでくださっています。

このすごさ、この感動は、読めばきっとわかります。読まないとわかりません。

コミカライズは電撃だいおうじの本誌だけでなく、カドコミやニコニコ漫画（ウェブまたはスマホアプリ）でも無料で読めますので、是非とも読んでみてください。

なお、皆様の中に「いや、小説しか読まないからコミカライズは別に……」などと思っている方がもしいらっしゃれば、僕の前に出てきてください。

その認識が変わるまで全力で往復ビンタしますので。


もっともっとコミカライズを推したいのですが、あまりに紙面が足りません。謝辞です。

まずは担当編集のNさん。打ち合わせで「もっと千春《ちはる》をポンコツに！」と熱弁いただいたおかげで、さらに千春《ちはる》をポンコツにすることができました。ありがとうございます。

引き続き素敵なイラストで本作を彩《いろど》ってくださった、たん旦《たん》さん。先述の通り、おかげさまで千春《ちはる》の新たな一面を知ることができました。感謝してもしきれません。

最後に、ここまで読んでくださった読者の皆様にも多大なる感謝を。Xなどでたくさん寄せられた好評レビューが励みになり、こうして二巻を書き上げることが出来ました。

小説として、漫画として、これからも「こあゆめ」を応援いただけると嬉《うれ》しいです。

それでは、またどこかでお会いできることを願って。

片沼《かたぬま》ほとり

◉片沼ほとり著作リスト

「俺にだけ小悪魔な後輩は現実でも可愛いが、夢の中ではもっと可愛い」（電撃文庫）
「俺にだけ小悪魔な後輩は現実でも可愛いが、夢の中ではもっと可愛い2」（同）

本書に対するご意見、ご感想をお寄せください。

ファンレターあて先
〒 102-8177　東京都千代田区富士見 2-13-3
電撃文庫編集部
「片沼ほとり先生」係
「たん旦先生」係

読者アンケートにご協力ください!!

アンケートにご回答いただいた方の中から毎月抽選で10名様に
「図書カードネットギフト1000円分」をプレゼント!!

二次元コードまたはURLよりアクセスし、
本書専用のパスワードを入力してご回答ください。

https://kdq.jp/dbn/　パスワード　t3fyv

●当選者の発表は賞品の発送をもって代えさせていただきます。
●アンケートプレゼントにご応募いただける期間は、対象商品の初版発行日より12ヶ月間です。
●アンケートプレゼントは、都合により予告なく中止または内容が変更されることがあります。
●サイトにアクセスする際や、登録・メール送信時にかかる通信費はお客様のご負担になります。
●一部対応していない機種があります。
●中学生以下の方は、保護者の方の了承を得てから回答してください。

本書は書き下ろしです。

この物語はフィクションです。実在の人物・団体等とは一切関係ありません。

電撃文庫

俺《おれ》にだけ小悪魔《こあくま》な後輩《こうはい》は現実《げんじつ》でも可愛《かわい》いが、夢《ゆめ》の中《なか》ではもっと可愛《かわい》い2

片沼《かたぬま》ほとり

◇◇◇

2025年5月10日　初版発行

発行者　山下直久
発行　株式会社KADOKAWA
〒102-8177　東京都千代田区富士見2-13-3
0570-002-301（ナビダイヤル）
装丁者　荻窪裕司（META＋MANIERA）
印刷　株式会社暁印刷
製本　株式会社暁印刷
※本書の無断複製（コピー、スキャン、デジタル化等）並びに無断複製物の譲渡および配信は、著作権法上での例外を除き禁じられています。また、本書を代行業者等の第三者に依頼して複製する行為は、たとえ個人や家庭内での利用であっても一切認められておりません。

●お問い合わせ
https://www.kadokawa.co.jp/（「お問い合わせ」へお進みください）
※内容によっては、お答えできない場合があります。
※サポートは日本国内のみとさせていただきます。
※ Japanese text only

※定価はカバーに表示してあります。

©Hotori Katanuma 2025
ISBN978-4-04-916240-0　C0193　Printed in Japan

電撃文庫　https://dengekibunko.jp/

おもしろいこと、あなたから。

電撃大賞

自由奔放で刺激的。そんな作品を募集しています。受賞作品は
「電撃文庫」「メディアワークス文庫」「電撃の新文芸」などからデビュー!

上遠野浩平(ブギーポップは笑わない)、
成田良悟(デュラララ!!)、支倉凍砂(狼と香辛料)、
有川 浩(図書館戦争)、川原 礫(ソードアート・オンライン)、
和ヶ原聡司(はたらく魔王さま!)、安里アサト(86―エイティシックス―)、
瘤久保慎司(錆喰いビスコ)、
佐野徹夜(君は月夜に光り輝く)、一条 岬(今夜、世界からこの恋が消えても)など、
常に時代の一線を疾るクリエイターを生み出してきた「電撃大賞」。
新時代を切り開く才能を毎年募集中!!!

おもしろければなんでもありの小説賞です。

- **大賞**……………………………正賞+副賞300万円
- **金賞**……………………………正賞+副賞100万円
- **銀賞**……………………………正賞+副賞50万円
- **メディアワークス文庫賞**……正賞+副賞100万円
- **電撃の新文芸賞**………………正賞+副賞100万円

応募作はWEBで受付中!　カクヨムでも応募受付中!

編集部から選評をお送りします!

1次選考以上を通過した人全員に選評をお送りします!

最新情報や詳細は電撃大賞公式ホームページをご覧ください。

https://dengekitaisho.jp/

主催:株式会社KADOKAWA